Sylvia Filz
Sigrid Konopatzki

Wintertage wie im Märchen

Das Buch

Wie fantastisch ist das denn? Es ist noch ein einziger Platz frei! Paula bucht spontan einen Single-Winterurlaub in Finnland. Schnee garantiert! Versprochen werden ein verschneites Holzhaus, gemeinsame Essen an einem alten Holztisch, Abende mit Glögi am knisternden Kamin und aufregende Aktivitäten wie Schneeschuhlaufen. Das klingt großartig und ist genau das, was Paula nach einem anstrengenden Jahr braucht.

Bereits auf dem Flug lernt sie die sympathische Simone kennen, die das gleiche Ziel hat. Zwei Männer entpuppen sich als tolle Mitreisende, aber es gibt leider auch eine Nervensäge.

Paula und Simone erleben zauberhafte finnische Wintertage, beobachten warm eingepackt die Nordlichter in eiskalten, klaren Nächten und entdecken, dass die Liebe oft dort lauert, wo man sie am wenigsten erwartet.

Die Autorinnen

Wir mögen Geschichten, die sich nah am realen Leben orientieren. Es macht uns unbändigen Spaß, den Figuren eine authentische Existenz mit all ihren Facetten einzuhauchen.

Unsere Romane sind Herzgeschichten mit Happy End – für alle, die gern ein bisschen träumen und kleine Wunder mögen.

Sylvia Filz
Sigrid Konopatzki

Wintertage wie im Märchen

Auflage November 2024

schreibkatzen@web.de
www.sylvia-und-sigrid.de
Filz und Konopatzki GbR
Lommertzweg 15, 41569 Rommerskirchen
Covergestaltung: ©authors-assistant (Britt Toth https://authors-assistant.com) unter Verwendung von Bildern von https://de.depositphotos.com (olinchuck, anikakodydkova, agnieszka, liole)
Kapitelgrafiken: DreamCafeArt

Wenn die große Liebe
im Winterwunderland beginnt ...

Ein finnischer Winter, Nordlichter und Herzen voller Liebe

1

Das hörte sich großartig an! Sollte sie es wagen?

Eigentlich hatte Paula nur zum Spaß online nach Last-Minute-Möglichkeiten gesucht, einen Single-Weihnachts-Urlaub im Ausland zu verbringen, dort, wo Schnee garantiert war.

Es gab reichlich Angebote, aber keines sprach sie so richtig an. Entweder war der Aufenthalt extrem teuer oder das Hotel zu groß und somit zu unpersönlich fur sie. Manche erwarteten festliche Kleidung – genau das, worauf sie überhaupt keine Lust hatte.

»Ich verstehe dich nicht«, hatte ihre Freundin Moni gesagt, als sie über Weihnachten und den

Jahreswechsel gesprochen hatten. »Gerade dann kann man sich doch richtig aufbrezeln, in Gold und Glitzer, sozusagen. Ein Goldkleid würde dir zu deinen schwarzbraunen Locken total gut stehen und Gold würde deinen dunklen Augen einen Wahnsinnsglanz verleihen!«

Paula hatte den Kopf geschüttelt. »Nee, nichts für mich. Ich muss jeden Tag in der Bank gestylt sein, das brauche ich nicht noch in meiner Freizeit.«

Moni hingegen schwärmte los. »Du, ich freue mich total auf unseren Schweiz-Urlaub im Luxus-Ressort. Zu den Mahlzeiten gibt es mehrgängige Menüs und an Weihnachten und Silvester sogar acht Gänge.«

»Das habe ich schon hinter mir«, winkte Paula ab. »Acht Gänge heißt, auf jedem Teller zwei Teelöffel, und nach allen Gängen und drei Stunden später bist du immer noch nicht satt.«

Da hatte Moni komisch geguckt und Paula sich innerlich amüsiert.

Paula träumte von gemütlichen Abenden, an denen sie in bequemer Kleidung und Kuschelsocken, im Schneidersitz auf dem Teppich vor einem knisternden Kamin saß, Glühwein trank und leckere Weihnachtsplätzchen naschte. Oder von Momenten, in denen sie in der Couchecke lümmelte, ein gutes Buch las, Kakao schlürfte, während ein

Hauch von Zimt und Kardamom den Raum erfüllte. Genau so stellte sie sich die perfekte, heimelige Weihnachts- und Jahresendzeit vor. Weit weg von jeglichen Konventionen, einfach locker und relaxt. Wahrscheinlich hatte sie damit fast unerfüllbare Wünsche.

Sie hatte den Finger schon auf dem Herunterfahren-Button, als ihr Blick an einem tief verschneiten, roten Blockhaus in Finnland hängenblieb. Warmes Licht strömte aus den Fenstern und sie brauchte nicht viel Fantasie, um sich die Gemütlichkeit im Innern mit loderndem Kamin und dem Duft nach Weihnachtsgewürzen vorzustellen.

Neugierig geworden, klickte sie den Text an.

FINNISCHES WINTERWUNDERLAND

Bist du Single und hast Lust
auf einen unvergesslichen Weihnachtsurlaub
in kleinem Kreis
in unserem verschneiten finnischen Blockhaus?
Magst du gern
gemeinsame Essen an einem alten Holztisch,
lange Abende mit netten Gesprächen
und Glögi vor einem knisternden Kaminfeuer?
Liebst du es,
in einer eiskalten, sternenklaren Nacht
warm eingepackt die Sterne funkeln zu sehen
und die magischen Nordlichter zu beobachten?

Möchtest du
an einer Rentierschlittenfahrt durch die
märchenhaft verschneite Natur teilnehmen
und eine Schneeschuhwanderung machen?
Magst du
eine Schlittschuh-Runde auf unserem
zugefrorenen See drehen?
Oder hast du Lust,
einen traditionellen Weihnachtsmarkt
zu besuchen?
Suchst du ein Stück Winterglück?

Dann ist unser gemütliches Haus
für dich genau das Richtige!
Beeil dich und sichere dir
eines der nur fünf Zimmer,
die wir für nette Gäste reserviert haben.
Tauche ein in die
Magie des finnischen Winterzaubers
und sei uns herzlich willkommen!

Eure Gastgeber
Ilvi und Tuure Järvinen

Wir sprechen übrigens ganz gut Englisch
und auch einige Brocken Deutsch

Wow! Das sprach sie total an! Ihr Zeigefinger wählte wie ferngesteuert den Button *Verfügbarkeit anzeigen.*

Oh ..., bloß noch ein einziges Zimmer frei! Ein wahres Wunder, zumal es nicht mehr lange bis zur Abreise war. Den Preis fand sie ebenfalls annehmbar.

Die Anreise konnte auf zwei Wegen erfolgen: Entweder mit dem Flugzeug und dann mit dem Taxi zum nahegelegenen Sammelpunkt oder mit der Fähre und eigenem Auto, mit dem man zum Treffpunkt fuhr – dort blieb der Wagen während der Urlaubstage stehen. Anschließend ging es mit einem schneetauglichen Gefährt gemeinsam weiter zum Ziel. Lag das Haus etwa mitten in der finnischen Pampa?

Es war ein einziger Anreise- und Abreisetermin möglich. Neugierig geworden, googelte sie. Vom Flughafen zum Treffpunkt war es nicht weit, bis zum Ferienhaus jedoch rundgerechnet drei Stunden. Also eine Fahrt rein in den Schnee!

Ein weiteres Mal betrachtete Paula das anziehende Winterpanorama des Werbebildes. Das versprach Abenteuer pur! Okay, jetzt mit dreiunddreißig und solo war das eine Option. Ob sie sich zehn Jahre später derart Spontanes noch traute oder sich leisten könnte, wusste sie nicht.

Vielleicht sollte sie erst einmal checken, ob sie überhaupt eine Fährverbindung bekam. Sie recherchierte. Oha! Fast dreißig Stunden von Travemünde nach Helsinki. Das hätte sie nicht vermutet, und billig war es auch nicht. Aber reservierte man Hin- und Rückreise, gab es Rabatt. Zu dem von ihr gewünschten Termin war zwar etwas frei, allerdings nur in einer höherpreisigen Kabinenkategorie. Puh, das war wirklich ein stolzer Preis! Aber sie gönnte sich ja sonst nichts.

Sollte sie es wagen – oder lieber nicht? Und je nach Wetterlage könnte es ziemlich schaukeln. Die Vorstellung, seekrank zu werden und das Ganze dreißig Stunden lang durchhalten zu müssen, war alles andere als angenehm. Und dann noch einmal das Gleiche auf dem Rückweg? Die Erholung wäre dahin. Hm ...

Moment! Es gab noch den Flieger! Auch hier suchte sie nach Angeboten, damit es passte, pünktlich am Sammelpunkt in Helsinki zu sein. Sieh an, ein Flug war um einiges billiger und die Zeitersparnis eklatant. Nur knapp fünf Stunden von Hamburg aus, allerdings mit einem Zwischenstopp. Es passte zeitlich sogar so gut, dass in Helsinki keine Übernachtung vonnöten war.

Plötzlich ging alles ganz fix. Sie drückte beim Ferienhaus beherzt auf *Reservieren*. Die Bestätigung erhielt sie sofort. Nun sicherte sie sich in aller Eile den passenden Flug. Zack und fertig!

Hab ich das jetzt wirklich getan? Sie fasste sich an die Wangen, die gut warm geworden waren.

Ich verbringe meinen Winterurlaub in Finnland! Wow!

Was benötigte sie für die Reise? Auf einem Zettel notierte sie alle wichtigen Dinge. In jedem Fall brauchte sie dringend eine neue Winterjacke – die konnte sie morgen shoppen gehen, denn durch ihre alte pfiff der Wind.

Eine halbe Stunde später war die Euphorie vorbei und sie bedauerte ihren Schnellschuss. Sie musste mit dem Auto noch bis zum Flughafen. Was wäre bei einer vereisten Autobahn oder wenn starker Schneefall für lange Staus sorgte? Ein Flieger wartete nicht. Besorgt kalkulierte sie einen ordentlichen Zeitpuffer ein. In der Folge schlief sie die Nacht sehr schlecht.

Am Morgen stand Paula gerädert auf. Selbst der obligatorische Haarknoten gelang ihr nicht, sie entschied sich daher für einen Pferdeschwanz.

Als sie im Bankinstitut eintraf, fragte ihre Kollegin Wanda auch gleich nach. »Hey, was ist los? Du siehst ziemlich mitgenommen aus.«

»Ich habe schlecht geschlafen und Kopfschmerzen obendrauf. Aber heute ist mein letzter Arbeitstag in diesem Jahr, das schaffe ich.«

Wanda holte ihre Handtasche aus dem Schreibtisch und zog eine Packung Tabletten hervor. »Probiere mal die. Sie sind neu und ich finde, sie helfen erstaunlich schnell und gut.«

Etwas zögerlich drückte Paula eine Tablette aus der knisternden Blisterpackung. In der kleinen

Küche spülte sie die mit einem Glas Wasser hinunter und kehrte ins Büro zurück. »Danke, Wanda. Wie verbringst du eigentlich Weihnachten?«

»Zu Hause, wie immer. Ich habe ja noch meine 80-jährige Mutter.«

»Ich verreise in diesem Jahr ganz spontan. Ich habe gestern erst gebucht.«

»Sag bloß! Wo geht es denn hin?« Wandas Augen waren groß geworden.

»Nach Finnland.«

»Wie toll ist das denn? Es wird bestimmt ein Schneetraum. Hach, Finnland! Nordlichter, Eishotels, Rentiere und Huskys, Schneeschuhwanderungen, Fischgerichte, Lachssuppe und Blaubeerkuchen.«

»Hey, Wanda, du kennst dich richtig aus!«

»Ein bisschen. Wir sind vor einigen Jahren im winterlichen Finnland gewesen. Es war großartig! Und wenn man einmal diese irren Schneemassen erlebt hat, die Ruhe, die ein Wintertag in fast unberührter Natur ausstrahlt und die Polarlichter bewundern konnte, kann es sein, dass man mit völlig anderen Impulsen an das Leben zurückkommt.«

Paula wollte gerade fragen, was sie damit meinte, als Wanda bat: »Erzähl mir doch von deinem Spontanurlaub.«

»Es ist ganz abenteuerlich. Ich habe eine Single-Reise gebucht, und die führt mich in ein finnisches Blockhaus.« Sie berichtete und stellte fest, dass sie sich wieder fragte, was überhaupt in sie gefahren war. Spontanität gehörte sonst nicht unbedingt zu ihren Stärken.

Aber Wanda klatschte in die Hände. »Wunderbar! Ich wünschte mir manchmal, ich wäre auch noch einmal so jung.«

»Du kannst das doch tun. Du bist mit gerade fünfzig schließlich nicht zu alt.«

»Es ist schwierig, Paula. Meine Mutter braucht Betreuung, wir können uns nicht mal eben für zwei Tage aus dem Staub machen, geschweige denn für länger.«

Mittags verabschiedete sich Paula von Wanda. »Habt ein richtig schönes Weihnachtsfest und rutscht gut rein in ein gesundes neues Jahr.«

»Das wünsche ich dir ebenfalls. Ich bin gespannt, was du berichtest.«

Mit Erleichterung verließ Paula das Bankgebäude und begab sich in die Innenstadt, begleitet von kaltem Regen, der aus dunkelgrauen Wolken fiel. Aber sie hatte ihr Ziel vor Augen. Ein Geschäft mit Mode, die nicht alltäglich war. Dort hoffte sie, eine passende Jacke zu finden. Und tatsächlich kam sie mit einem hellblauen, warm wattierten, bis Mitte Oberschenkel reichenden Anorak mit dicker Kapuze wieder heraus. Sie hatte die Auswahl zwischen Schwarz, Grau und Hellblau gehabt. Sogar die Verkäuferin tendierte ganz klar zu dem strahlenden Hellblau. »Die Farbe steht Ihnen wunderbar zu Ihrem dunklen Haar.« Damit war der Anorak gekauft. Irgendwie passte die Farbe auch gut zu Schnee und Eis.

Ihr Auto hatte sie zum Glück durchchecken lassen, als sie Ende Oktober die Winterreifen aufziehen ließ.

Paula verschwand in einer Drogerie und kaufte für die Urlaubszeit diese praktischen Minipackungen an Shampoo, Spülung, Handcreme und was sie sonst noch brauchte, damit der Koffer nicht unnötig voll und schwer wurde. Bei einer Flugreise war man gepäcktechnisch schließlich limitiert.

Zu Hause allerdings stöhnte sie doch, als sie ihren Koffer zur Probe packte. Winterklamotten nahmen verdammt viel Platz weg! Sie schob, presste und drückte. Puh! Endlich konnte sie den prallen Koffer – allerdings nur mit Draufknien – schließen. Für dieses Ergebnis opferte sie einen Fingernagel. Mist.

Drei Tage noch! In dieser Zeit brachte sie ihre Wohnung auf Hochglanz, so musste sie sich lediglich um die Wäsche und ein bisschen Staub kümmern, wenn sie zurückkehrte.

Schon komisch, dass dieses Jahr kein funkelnder Weihnachtsbaum in ihrem Wohnzimmer stand. Das war eine Premiere – aber ein Urlaub in Finnland war ebenfalls eine.

2

Wie konnte es anders sein – ausgerechnet in der Nacht vor ihrer Abreise hatte es gefroren! Somit musste Paula erst die Autoscheiben freikratzen, denn eine Garage gehörte nicht zu ihrer Mietwohnung. Als sie im Wagen saß, überprüfte sie noch einmal ihre Unterlagen, sie waren vollständig. Das waren sie gestern Abend schon, dennoch löste diese Reise eine unangenehme Nervosität in ihr aus.

Warum nur hatte sie den Wahn gehabt, zu Weihnachten verreisen zu müssen? Verdammt, war – nein, bin ich mutig!

Trotz des aufkommenden Unsicherheitsgefühls lenkte sie den Wagen auf die Autobahn, aber mit einem komfortablen Zeitpuffer im Gepäck. Die Fahrt bis zum Flughafen verlief jedoch zu ihrer Erleichterung reibungslos.

Sie checkte ein und schlenderte entspannt an den Flughafengeschäften entlang. Es blieb auch noch genügend Zeit, um auf die Aussichtsterrasse zu gehen. An- und abfliegende Flugzeuge beobachtete sie gern.

Leider war die Terrasse aufgrund des Wetters geschlossen. Schade, aber sie freute sich trotzdem, denn sie entfloh dem tristen Schmuddelwetter. Zudem war diese Reise ihr allererster Winterurlaub im hohen Norden.

Plötzlich entdeckte sie durch die Scheibe eine einzelne kleine Schneeflocke, die durch die Luft wirbelte, als wolle sie ihren Freunden in den Wolken signalisieren: *Es ist kalt genug, los, runter zur Erde! Wir haben einen Job zu erledigen!*

Während sie auf ihren Flug wartete, sah sie schon die nächsten Flocken tanzen. Sie wertete es als positives Zeichen. Ein paar zarte Schneeflöckchen verabschiedeten sie in den Winterurlaub nach Finnland.

Beim Boarding hatte sie eine schräge Begegnung.

Ein Mann ungefähr ihres Alters überholte sie, um eher in der Maschine zu sein, dabei rempelte er sie grob an. »O sorry, sorry, sorry, aber ich muss ins Flugzeug!« Seine Augen flackerten nervös.

Hatte der sie noch alle? Was war das denn für ein Spinner?

Selbst die Flugbegleiterin, die an der Kabinentür die Fluggäste lächelnd begrüßte, schüttelte leicht den Kopf.

Paula hatte einen bösen Spruch auf der Zunge, entschied sich jedoch anders. Nichts sollte ihr diese Reise und den abenteuerlichen Weihnachtsurlaub verderben. Und erst recht nicht ein Mensch, den sie nie wiedersehen würde.

Sie hatte ihren Platz erreicht. Neben ihr saß eine gepflegte Blondine, deren langer geflochtener Zopf attraktiv über ihre Schulter fiel. Kaum hatten sie den Sicherheitsgurt angelegt, sprach die hübsche Frau sie ohne Umschweife an. »Sprechen Sie Deutsch?«

Paula nickte freundlich.

»O schön! Fliegen Sie nach Hause oder in Urlaub?«

Diese Neugier beantwortete Paula bei einem Blick in ihr offenes, sympathisches Gesicht mit den ausdrucksstarken blauen Augen gern.

»In Urlaub. Das erste Mal nach Finnland, und das gleich über Weihnachten und den Jahreswechsel.«

»Ich auch. Ich bin mittlerweile Anfang vierzig, war noch nie in Finnland, allerdings hat mich der garantierte Schnee gereizt. Eigentlich wollte ich schon immer im Winter in eins der nordischen

Länder. Ich bin übrigens Simone.«

»Das ist ja nett! Ich heiße Paula. Aber mir geht es wie dir. Ich liebe Schnee und deshalb habe ich mir gedacht, tu es! Für mich ist das ein richtig kleines Abenteuer.«

Sie würde der Fremden jedoch nicht erzählen, dass sie einen Singleurlaub gebucht hatte, obwohl sie ihr sympathisch war. Und mit einem Mal überwog bei Paula die Freude, nicht die Unsicherheit über ihre Buchung.

Ihre Sitznachbarin hatte wohl Lust auf Smalltalk. »Ich freue mich total auf Helsinki. Ich reise zwar weiter, aber ein wenig Zeit, um noch ein bisschen Cityluft zu schnuppern, bleibt mir.«

Das Flugzeug setzte sich in Bewegung und die Unterhaltung verstummte erst einmal, denn zur Startphase schloss Paula die Augen. Die Vorstellung, in Kürze weit über der Erde zu schweben, sorgte für ein flaues Magengefühl, das sie bei Flügen noch nie hatte ablegen können. Die Beschleunigung, die sie in den Sitz drückte, war ihr unangenehm.

Auch während der erreichten Flughöhe hielt sie erst einmal die Augen geschlossen, es tat gut, zu relaxen. Und prompt war sie eingenickt.

Jemand tippte Paula vorsichtig auf die Hand. Sie schreckte auf.

»Es gibt was zu futtern«, informierte Simone sie

mit leiser Stimme. »Das verpass besser nicht.«

Paula blinzelte noch zweimal, aber dann war sie wach. »Danke.«

Während sie aßen, hörten sie von weiter vorn eine lautstarke Stimme. Sie verstanden nicht viel, konnten dem Kontext jedoch den Sinn entnehmen. Das Essen war einem Herrn auf die Hose gerutscht und eine Flugbegleiterin bemühte sich nun um Schadenbegrenzung.

Paula machte einen langen Hals von ihrem Gangplatz aus. Und wen erkannte sie? Den unmöglichen Typ, der sie so rüde angerempelt hatte. »Oha, da ist wohl jemand hypernervös«, raunte sie Simone zu und berichtete ihr von dem Vorfall während des Boardings.

»Hat er dunkelblondes, sehr kurz geschnittenes Haar?«, fragte sie.

»Ganz genau. Und er ist ziemlich lang und schlaksig.«

»Dann weiß ich, wen du meinst. Dieser Kerl hat schon beim Einchecken mit den Fingern auf dem Schalter rumgetrommelt, weil ihm das nicht schnell genug ging. Als wenn der eher am Ankunftsort wäre ... tz!«

»Gut, dass wir den nach dem Flug nicht wiedersehen«, verkündete Paula und erhob ihr Glas mit Rotwein. »Prost, Simone. Hab einen traumhaften Winterurlaub.«

Ihre Sitznachbarin strahlte sie an. »Das wünsche

ich dir auch. Zum Wohl, Paula!«
Die Flugzeit war alles andere als langweilig. Sie fanden ständig neue Gesprächsthemen und prusteten los, als sie herausfanden, dass sie beide in einer Bank tätig waren.

»Weißt du, ich mag den Kontakt zu Menschen«, führte Paula aus, »und ich stecke jeden Tag in einem Business-Outfit. Deshalb wünsche ich mir ein paar ruhige und gemütliche Weihnachtstage in legerer Kleidung, ohne jeglichen Zwang, einfach zum Relaxen, mit netten Menschen und interessanten Gesprächen.«

»Ich verstehe dich gut. Geht mir genauso. Ich ziehe mich zwar gerne elegant an, in meiner Freizeit allerdings habe ich es am liebsten locker.«

Dann stellten sie noch fest, dass sie recht nahe beieinander lebten. »Hätte ich gewusst, dass du in Travemünde wohnst, wäre ich bei dir vorbeigekommen und hätte dich eingesammelt«, gluckste Simone und ihre strahlenden blauen Augen zwinkerten amüsiert.

»Scharbeutz ist wirklich nur ein Katzensprung entfernt. Aber wir haben bestimmt nicht denselben Rückreisetag. Ich fliege am vierten Januar zurück.«

Simone sah sie überrascht an. »Wirklich? Ich auch!«

Aufgeregt verglichen sie die Flugnummern.

»Das gibt es doch nicht!«, staunte Paula. »Es ist

derselbe Flug. Leider sitzen wir nicht nebeneinander.«

»Ich glaube«, ergänzte Simone überzeugt, »das ist eine Schicksalszusammenführung. Ein Zufall kann es nicht sein. Wir sollten sicher Freundinnen werden und deshalb hat man uns zusammen in den Flieger geschubst.«

»Jaha, so scheint es.«

Schon waren sie im Sinkflug. Paula schloss erneut die Augen.

Erst als das Aufsetzen der Maschine den Bodenkontakt bestätigte, war sie wieder sehend dabei und fühlte sich auch gleich sicherer. Und was entdeckte sie beim Herausschauen aus dem Fenster? Unzählige Schneeflocken! Winter in Helsinki. Großartig!

Wie selbstverständlich verließen sie und Simone gemeinsam das Flugzeug und wanderten Richtung Gepäckhalle. Wer quetschte sich an allen Leuten vorbei? Dieser Drängeltyp!

»Boah, was ist dieser Mensch schrecklich!«, schimpfte Paula. »Nennen wir ihn mal Hibbelhase.«

»Das gefällt mir.« Simone kicherte.

Als sie in den Gepäckausgabebereich kamen, stand der Typ ganz vorne am Band. Sie stellten sich in einigem Abstand zu ihm, denn ob sie ihre Koffer am Bandbeginn annahmen oder ein paar

Meter weiter, spielte schließlich keine Rolle.

Paula blickte über ihre Schulter. »Guck mal, Simone, unser Hibbelhase hampelt unruhig hin und her, weil sein Koffer noch nicht da ist. Wenn ich gehässig wäre, würde ich mir wünschen, der käme gar nicht.«

»Niemals schlechte Wünsche für andere, Paula, die kommen zielsicher auf dich zurück. Du musst das nur anders formulieren. Wünsche dir einfach, sein Gepäck kommt als letztes – mit Riesenabstand.«

»Du hast recht, das reicht aus.«

Als sie mit ihren Koffern durch den Zoll gerollt waren, standen sie sich gegenüber.

Paula fand zuerst Worte. »Ja dann, hab einen richtig tollen Urlaub! Magst du mir deine Handynummer geben, wir können doch in Kontakt bleiben.«

»Super gern.« Simone zückte ihr Gerät und die beiden speisten ihre Nummern gegenseitig ein. »Verbringst du deinen Urlaub eigentlich hier in Helsinki oder fährst du weiter?«

»Ich muss noch ein ganzes Stück nördlich. Allerdings brauche ich mich nicht zu kümmern, ich werde abgeholt beziehungsweise mitgenommen. Das heißt, um es kurz zu umreißen, ich fahre mit einem Taxi zu einem Sammelplatz, von dort geht es mit mehreren Personen in den Norden. In einem schneetüchtigen Auto.«

»Sammelplatz?« Simone zog die Stirn kraus und blieb einen Augenblick still, bis sie hinter vorgehaltener Hand flüsterte: »Sag jetzt nicht, du hast auch den Single-Urlaub im finnischen Blockhaus gebucht.«

3

Paula starrte sie an. »Doch. Ein rotes Blockhaus, fünf Zimmer für fünf Singles.«

Simone schlug sich die Hand an die Stirn und bekam einen Lachflash. »Ich brech zusammen!«

Einige Leute, die schnellen Schrittes an ihnen vorbei auf die Ausgangstüren des Flughafens zuliefen, schauten verwundert oder lächelten.

Paula dachte kurz über diese unglaubliche Situation nach und stand steif vor ihrer neuen Freundin, die sich nicht mehr einkriegte. Aber schließlich fand auch sie selbst das Ganze lustig und stimmte in das Lachen ein.

Simone hatte sich beruhigt. »Ich finde das mega! Wir können zu zweit ein Taxi nehmen. Und weil wir noch Zeit haben, lass uns in ein Café gehen und uns etwas typisch Finnisches gönnen. Ich lade dich ein.«

»Das brauchst du nicht, ich ...«

»Pst!« Simone legte den Zeigefinger an ihren Mund. »Keine Widerrede! Wir starten in einen gemeinsamen Urlaub und ich denke, so ist das gut. Aber warum draußen suchen mit den Koffern im Schlepptau? Hier gibt es doch auch ein Café, daran sind wir gerade vorbeigelaufen. Komm, wir gehen zurück.« Sie setzte sich in Bewegung, Paula schlappte hinterher.

Simone hatte einen guten Orienticrungssinn, fand Paula. Ihr war das Café gar nicht aufgefallen. Wahrscheinlich war sie heute schlichtweg zu nervös.

»Schau mal, Paula, der Tisch da vorn ist noch frei. Wie gut es duftet! Ich habe echt Lust auf ein Stück Kuchen und eine Tasse Kaffee«, bekannte Simone und steuerte den Tisch an.

Paula sah sich um. »Mmh ..., hier gibt es Blueberry Pie. Das klingt total lecker. Ich habe schon lange keinen Blaubeerkuchen mehr gegessen. Und der hat Streusel. Die liebe ich ja. Zu Hause piddel ich die immer erst ab und widme mich danach dem Rest.«

»Möchtest du mit oder ohne Schlagsahne? Die nehme ich auf jeden Fall«, entschied Simone.

»Ich schließe mich an.«

Der Kaffee überraschte beide. Im Milchschaum war ein hübscher Teddybär zu sehen.

»Nein, wie süß!«, entfuhr es Paula. »Ein Crema-Bärchen. »Da war ein echter Künstler dran. Fast zu schade, um es zu zerstören.«

»Latte-Art heißt das mittlerweile«, wusste Simone. »Ich finde es Wahnsinn, dass man so kreativ mit Milchschaum umgehen kann. Weißt du was? Ich bin total froh, dass ich dich getroffen habe. Ich hatte schon ein bisschen Muffe, diese Reise allein anzutreten. Dann habe ich überlegt, okay, wenn ich den Sammeltransport – warum auch immer – verpassen sollte, bleibt mir immerhin meine Kreditkarte für ein Hotel.«

Paula grinste. »So ähnlich habe ich auch gedacht. Und nun sitzen wir hier zu zweit und sind die schlimmsten Sorgen los. Man fragt sich ja, wie es wird, eine längere Zeit mit fremden Leuten zu verbringen, und ob man sich mit ihnen versteht. Jetzt bin ich ganz erleichtert. Wir haben zumindest uns. Kannst du eigentlich Finnisch oder zumindest etwas? Ich nicht.«

»Ich weiß nur, dass Hallo *Hei* geschrieben und *Hej* ausgesprochen wird.«

»Das beruhigt mich.«

Den soeben gebrachten Blaubeerkuchen mit einem Tuff Sahne verspeisten sie mit sichtlichem Vergnügen.

Als sie eine knappe Stunde später den Flughafen verließen, präsentierte sich die finnische Hauptstadt in einem weißen Winterkleid. Dicke Schneeflocken rieselten langsam vom Himmel.

»Ein Winterzauber-Willkommen, nicht?« Simone freute sich.

Paula stimmte zu. »Genauso habe ich mir das vorgestellt.«

Sie fanden problemlos ein Taxi und Simone gab die Adresse an. Der Fahrer kannte das Ziel. Sie kamen auf Englisch mit ihm ins Gespräch und erfuhren etwas für sie Neues: Man konnte Taxis online bestellen und auch entsprechend bezahlen.

Es dauerte nicht lange, bis ihr Zielort erreicht war, eine Firma mit einer großen Halle. Vor diesem Gebäude stand ein massiver Wagen, eine Art geländegängiger Transporter, aber mit besonders breiten Reifen. Daneben wartete ein grauhaariger älterer Herr mit einem gepflegten Bart, der ihnen fröhlich zuwinkte. Paula mochte diesen Mann sofort. Er trug Jeans und Schneeboots, dazu einen dunkelblauen dicken Pullover mit Zopfmuster und darüber offen eine warme wattierte, beigefarbene Jacke.

»Das macht schon mal einen positiven Eindruck, nicht?«, raunte Paula Simone zu.

Die bezahlte den Taxifahrer, unter Protest von Paula, die ihr die Hälfte geben wollte.

Simone winkte ab. »Quatsch, lass stecken. Du

kannst ja die Rückfahrt übernehmen.«

Damit konnte Paula einiggehen.

Sofort kam ihnen der ältere Herr entgegen und begrüßte sie mit aller Herzlichkeit.

»*Hei*, ich bin Tuure, euer Gastgeber. Wir bleiben beim Du, das ist doch gemütlicher, oder? Und ihr zwei seid Paula und Simone, nicht wahr?«

»Das stimmt. Woher wissen Sie ..., weißt du das?« Das Erstaunen war Simone anzusehen.

»Ihr seid meine einzigen weiblichen Gäste. Es werden noch drei Männer kommen. Das heißt, hierher nur zwei, weil einer nicht zu überreden war, mitzufahren, er hat auf eigene Anreise bestanden.« Er zuckte mit den Schultern. »Des Menschen Wille ist sein Himmelreich. Ich hoffe, er kommt bei diesen Schneefällen auch an. Nun ja, bezahlt hat er schon.« Er lachte dröhnend. »So, ihr Lieben, ab in den Wagen, sonst werdet ihr noch zu Schneefrauen, bevor ihr überhaupt unser Haus erreicht habt.«

Der Taxifahrer hatte währenddessen das Gepäck ausgeladen und Tuure öffnete die Heckklappe, um es bei sich zu verstauen. Als das Taxi aus der Einfahrt fuhr, kam ein anderes hineingefahren.

Ihm entstiegen zwei Männer, beide groß, dunkelhaarig und mit einem breiten Lächeln auf dem Gesicht. Sie waren sofort kommunikativ und stellten sich als Falk und Gabriel vor.

Derjenige, der sich Falk nannte, übernahm die

Gesprächsführung. »Wir sind Freunde und haben uns gedacht, so ein Single-Urlaub im Schnee ist etwas Neues.«

Simone antwortete für sich und Paula. »Auch wir sind Freundinnen und wollten einmal die Winterwunderwelt Finnlands erleben.«

Paula freute sich. Simone hatte genau die richtige Antwort gegeben. Sie hatte gar nicht groß erklärt, dass sie sich erst kurz kannten. Außerdem stimmte es auf seltsame Art und Weise, denn ihre Übereinstimmungen hatten schließlich dafür gesorgt, dass sie beide der Ansicht waren, sie seien als Freundinnen prädestiniert.

»Sind wir nur vier, oder kommt noch jemand?«, fragte Gabriel.

Tuure wiederholte, was er Paula und Simone schon erzählt hatte. »Ein Mann, er hat jedoch auf eigene Anreise bestanden. So, ab mit eurem Gepäck in den Kofferraum.« Die vier nahmen in Tuures Wagen Platz. Der drehte sich vom Fahrersitz zu ihnen um. »Seid willkommen in meinem wunderschönen Heimatland! Wir starten ins Winterabenteuer Finnland. Auf zu unserem schönen Blockhaus, das euch mitten in wunderbarer Natur erwartet.«

Tuure lenkte das Auto durch die verschneiten Straßen Helsinkis. Die Dämmerung hatte eingesetzt, der frisch gefallene Schnee glitzerte im Laternenlicht auf den Bürgersteigen. Die Dächer der

Häuser trugen Schneekronen und aus vielen Fenstern drang warmer Lichtschein.

»In Finnland sind die Tage im Winter sehr kurz«, erklärte ihnen Tuure. »Und je weiter nördlich es geht, umso kürzer sind sie. Ihr kennt die Polarnacht in Lappland, nicht wahr? Dort erklimmt die Sonne gar nicht erst den Horizont.«

Falk und Gabriel unterhielten sich mit Tuure, während Simone und Paula sich gar nicht an den im Schnee glitzernden Stadtlichtern sattsehen konnten. Aber sie verblassten zusehends, bis fast nur noch Natur blieb – die Straßen wurden schmaler, sie fuhren durch dicht verschneite Wälder und offene Landschaften. Einmal hielt Tuure an und ließ alle aussteigen. »Hört ihr etwas?«

Simone gab die richtige Antwort. »Stille. Man kann die Stille hören.«

Damit war Tuure sehr zufrieden und warf ihr einen anerkennenden Blick zu.

Sie setzten die Fahrt fort. Paula hätte es mit der Angst zu tun bekommen, hätte sie nicht Vertrauen in Tuure gehabt, denn die Landschaft war eine weiße Decke, nur unterbrochen von Bäumen und seltener einem Blockhaus. Hier könnte man sich ja tödlich verirren!

»Wann sind wir eigentlich da?«, fragte sie. Vorher hatte sie auf die Uhr gesehen. Fast zwei Stunden waren sie mittlerweile unterwegs.

»Eine Stunde noch. Wir kommen nicht flott

voran. Gestern hat es nochmals ordentlich geschneit. Und wir wollen bloß nicht in einer Schneewehe steckenbleiben, weil wir wegen zu hoher Geschwindigkeit reingerutscht sind«, informierte Tuure sie.

Huch, dachte Paula, und laut äußerte sie: »Klar, Sicherheit geht vor.«

Aber eher als gedacht machte der Wagen einen kleinen Schlenker und plötzlich tat sich das erste Stück Winterwunderland vor ihnen auf.

4

Hinter hohen Tannen verborgen, kam ein großes rotes Haus zum Vorschein, ganz wie in der Online-Anzeige, doch in Paulas Augen war es noch viel schöner.

Aus den weißen Sprossenfenstern im Erdgeschoss drang einladend warmes Licht in die Dunkelheit, eine Rauchsäule stieg fast gerade aus dem Schornstein in den windstillen, sternenklaren Abendhimmel. Der Eingang war weihnachtlich geschmückt und hell erleuchtet. Auf dem Haus- und dem Vordach lag eine dicke Schneeschicht und Eiszapfen hingen daran herunter. Eine prächtig geschmückte Tanne stand seitlich des Hauses, und man hatte das Gefühl, die kleinen Lämpchen schienen ihre Freude darüber ausdrücken zu wollen.

»Das sieht total heimelig aus«, empfand Simone.

»Dann nichts wie rein!«, kommandierte Tuure liebevoll und wedelte mit einer Hand. »Meine Frau Ilvi erwartet euch.«

Die Männer trugen die Koffer von Paula und Simone ans Haus, da es unmöglich war, das Gepäck in dem Schnee hinter sich herzuziehen.

Die weiße, massive Holztür, an der ein hübscher Kranz aus Tannenzweigen und Beeren hing, öffnete sich und eine ältere Frau mit einem sehr sympathischen Lächeln erschien. Sie machte eine einladende Handbewegung. »Kommt rein, kommt rein, es ist eisig kalt draußen! Ich bin Ilvi, Tuures Frau.«

Simone war die Erste, deren Hände sie ergriff und ihr beim Herausschälen aus ihrer warmen Jacke half.

Die Männer schleppten die Koffer herein, während Ilvi nun Paula behilflich war, die diese Art der Bemutterung mochte. Ilvi hatte ihr dunkelblondes Haar zu einem lockeren Knoten geschlungen, um ihre Augen fanden sich viele Lachfältchen. Sie trug, genau wie Tuure, einen Pullover mit Zopfmuster, allerdings in Rot mit einem kleinen Rentier. Dazu passend einen langen, weitschwingenden, buntgemusterten Rock und dicke Strümpfe.

Paula wusste, dass man in Finnland auch als Gast

die Schuhe auszog, und das tat sie nun, zeitgleich mit Simone. Sie sah, dass Falk und Gabriel dies registrierten und gleich nachahmten.

Erst jetzt nahm Paula die wohlige Wärme wahr, die von einem großen Kamin ausging, in dem dicke Holzscheite knisterten. Auf dem Kaminsims waren Tannenzweige dekoriert, dazwischen flackerten Kerzen. Ein wunderbarer Duft nach Holz, Zimt und frisch gebackenem Brot erfüllte die Luft. Auf den Fensterbänken brannten ebenfalls Kerzen, umgeben von hübschen finnischen Weihnachtsfiguren und kleinen Lebkuchenhäuschen.

Gegenüber dem Kamin und an beiden Seiten standen drei urgemütlich wirkende Sofas. In ihrer Mitte befand sich ein länglicher Tisch, auf dem ein prächtiger, goldbesprühter Adventskranz mit vier dicken roten Kerzen der Eyecatcher war. Ein flauschiger Teppich auf dem alten Holzboden rundete das heimelige Bild ab.

Simone ließ ihren Blick weiter durch den Raum schweifen. »Ah, das ist er, der Holztisch aus der Annonce!«

Er war bereits eingedeckt, und das rustikale grüne Steingutgeschirr passte wundervoll zu der weihnachtlichen Dekoration.

»Zur Begrüßung möchten wir euch einen Glögi anbieten, der am ehesten mit eurem Glühwein vergleichbar ist. Ein Glögi besteht aus Beerensäften, zum Beispiel Johannisbeersaft, Trauben-, Apfel-

oder auch Cranberrysaft. Anders als bei euch in Deutschland wird der Alkohol nicht durch Wein, sondern durch Wodka oder Rum ergänzt. Verfeinert wird er mit weihnachtlichen Gewürzen wie Ingwer, Zimt und Nelken, Orangen, was man halt mag. Ilvi, würdest du die Gläser füllen?«

Kurz darauf hielt jeder ein Henkelglas in der Hand, gefüllt mit dem dunkelrot leuchtenden Glögi, in dem eine Zimtstange steckte und ein hübscher Sternanis schwamm.

Paula fand den Duft des Glögis unwiderstehlich. Aber sie wusste auch, sie durfte das Glas nicht austrinken, bevor sie etwas gegessen hatte, andernfalls würde sie mit Sicherheit an den Tisch torkeln, so spritig roch und schmeckte die finnische Variante des Glühweins.

Ilvi hieß ihre Gäste noch einmal herzlich willkommen und wies auf den eingedeckten Tisch hin. »Lasst uns setzen, essen und ein bisschen erzählen. Es fehlt zwar ein Gast, aber darauf können wir nicht warten. Ihr verhungert mir ja sonst. Sucht euch bitte einen Platz.«

»Wo sitzt ihr denn normalerweise?«, wollte Simone wissen.

»Das spielt keine Rolle«, verkündete Ilvi mit einem Lächeln. »Ihr seid unsere Gäste, wahlt euren Platz.«

Tuure stellte währenddessen zwei Karaffen mit Wasser auf den Tisch.

Ilvi wechselte in die Küche und Simone folgte ihr. »Ich kann dir doch sicherlich zur Hand gehen.«

Paula hörte das und hechtete hinterher. »Ich helfe selbstverständlich auch.«

»Das ist sehr lieb von euch.« Man sah Ilvi die willkommene Überraschung an. Sie drückte Paula einen Weidenkorb mit Brot in die Hand. »Das ist frisches, selbstgebackenes Roggenbrot.«

Fast stolz trug Paula den Korb an den Tisch, an dem Falk und Gabriel bereits Platz genommen hatten. Simone brachte ein Tablett mit drei Schüsseln, die je mit Zwiebeln, Senf und kross gebratenen Speckstücken gefüllt waren. Sie kommentierte das auch gleich mit einem Witz. »Also, Jungs, diese unwiderstehlich duftende Schüssel mit dem Speck und Fleisch ist meine.«

Tuure lachte auf. »Du bist hier richtig! Viele junge Frauen essen gar kein Fleisch, wo auch nur ein Stückchen Speck dran ist, weil sie glauben, der sitzt hinterher auf ihren Hüften.«

Simone konterte mit Augenzwinkern. »Die Menge macht es und die Bewegung am Tag. Dann darf man schlemmen. Und manchmal braucht der Körper einfach Seelenfutter. Außerdem, Tuure, ich bin keine junge Frau mehr. Ich bin schon ...«

Tuure unterbrach sie sofort. »Das spielt keine Rolle. Du siehst jung aus.«

Simones Augen blitzten auf. »Danke.«

Sie erhielt sogar ein anerkennendes Lob von Falk. »Ich stimme Tuure zu.«

Diese Äußerung sorgte für einen leichten rötlichen Schimmer auf ihren Wangen.

Gabriel ergriff das Wort. »Hey, natürlich dürfen wir Paula nicht ohne Kompliment lassen. Du bist eine ganz Hübsche, und das meine ich ehrlich.«

Paula zog eine Grimasse. »Das ist sehr nett von dir, aber du musst mich nicht trösten.«

Da wurde Gabriel ernst. »Ich meine das genauso, wie ich es gesagt habe.«

Für einen kurzen Moment herrschte Stille, bis Ilvi sie unterbrach, indem sie einen großen schwarzen, bauchigen Topf an den Tisch brachte. An ihrem Gesichtsausdruck konnte man erkennen, wie schwer er war.

Die Gäste bemerkten das alle, und Tuure glaubte, sich rechtfertigen zu müssen. »Sie will ihn immer allein tragen.«

Seine Frau bestätigte das. »Sozusagen mein Werk in der Küche, mein Weg an den Tisch.«

Ilvi platzierte den Topf mittig, und mit einer großen Schöpfkelle füllte sie die hübschen Steingutschalen. »Es ist eine finnische Erbsensuppe.«

Paula staunte, denn es war keine Suppe, die sie kannte, sondern sie hatte eher eine dicke Konsistenz.

Tuure erklärte ihnen, dass sie ihr Gericht nach Belieben mit Zwiebeln, Speck, Senf oder einer

Kombination aus allem verfeinern könnten. Die vier waren sich einig, sie probierten alle Alternativen.

Ilvi klatschte fröhlich in die Hände. »Da haben wir diesmal die richtigen Gäste. Guten Appetit euch allen.«

Ein paar Augenblicke lang herrschte Stille, als die heiße Suppe gekostet wurde.

Paula hatte sich vorsichtig pustend herangetastet. »Boah, guuut!«

»Ein Gedicht, besonders mit dem krossen Speck als Topping.« Simone knusperte ein Stückchen davon genüsslich weg.

Falk langte nochmals bei der Fleischschüssel zu und reichte sie an Gabriel weiter. »Das ist genau das richtige Essen, wenn es draußen eiskalt und drinnen wohlig warm ist.« Und seine nächsten Worte sorgten dafür, dass die Stimmung noch ein bisschen angenehmer wurde. »Liebe Ilvi, lieber Tuure, ich sage es im Namen von uns allen. Herzlichen Dank für dieses wundervolle Willkommen. Ich glaube, wir sind Glückspilze, zu den Weihnachtstagen und zum Jahreswechsel bei euch sein zu dürfen.«

Das ältere Ehepaar war sichtlich gerührt.

»Warum sprecht ihr eigentlich so gut Deutsch?«, fragte Falk neugierig.

Tuure beantwortete seine Frage. »Wir haben drei Jahre in Deutschland gelebt, aber das ist schon lange, lange her«, winkte er ab. »Allerdings sind uns die deutschen Freunde geblieben, die uns auch immer wieder besuchen kommen.«

Und Ilvi ergänzte: »Unser einziges Kind, Marja, hat in Berlin studiert und lebt nun in Kanada. Normalerweise kommt sie mit ihrem Mann über Weihnachten zu uns. Leider ist ihre Schwiegermutter erkrankt und sie benötigt Unterstützung. Wir verstehen das.«

Trotzdem sah Paula Ilvi die Enttäuschung an.

»Allerdings werden wir Ende Februar für drei Wochen zu ihnen reisen«, erzählte Tuure und legte seine Hand auf die seiner Frau. Er fuhr fort. »Und damit wir Weihnachten nicht allein verbringen müssen, haben wir uns gedacht, wir laden Gäste ein – und das seid ihr.«

In diesem Augenblick hörte man Geräusche und ein Lichtschein drang durch die Fenster.

Tuure erhob sich. »Das ist sicherlich unser fehlender Gast.«

5

Als Tuure die Tür öffnete, wehte sofort ein kalter Windhauch zu der Tischgesellschaft.

»Wie gut, dass es hier einen wärmenden Kamin gibt.« Simone rieb sich die Arme.

»Wer kommt denn?«, fragte Paula neugierig. »Eine Frau?«

»Paula! Tuure hat doch bei der Abfahrt in Helsinki erwähnt, dass es ein Mann ist und wir zwei die einzigen sind.«

»Ups! Stimmt.«

Indem kam ein Mann eilig durch die Tür gestiefelt. Er wischte sich den Schnee von den Schultern, der sich auf seiner Kleidung angesammelt hatte. Das tat er im Eingangsbereich, anstatt draußen.

Wie unhöflich!

»Es war nicht ausgeschildert. Da bin ich dreimal im Kreis gefahren. Das hätte wenigstens ausgeschildert sein können.«

Tuure hievte den Koffer des Gastes durch die Tür und betrachtete die weiße Pracht, die auf dem Boden schmolz. »Es ist ausgeschildert, aber es schneit und deshalb ist das Schild höchstwahrscheinlich nicht lesbar.«

»Ja, das ist schlecht, wenn man noch Gäste erwartet, ich habe mich totgesucht.«

Paula erschrak. Sie stupste Simone an. »Ich fasse es nicht! Das ist Hibbelhase!«

»O Himmel, nein! Jetzt erkenne ich ihn auch«, entfuhr es Simone geschockt.

»Wer ist Hibbelhase?«, fragte Falk.

Leider kam der Neue schon näher, sodass Paula keine Zeit mehr für eine Erklärung blieb, sondern Falk nur noch zuflüsterte: »Erzähle ich dir später.«

Ilvi stand auf und begrüßte den Gast mit einem freundlichen Lächeln. Aber Paula spürte, es war nicht dasselbe offene Lächeln, mit dem sie willkommen geheißen worden waren. Jedenfalls reichte ihr Hibbelhase wenigstens die Hand. Ilvi bat ihn an den Tisch. Bevor er die anderen jedoch begrüßte, wunderte er sich. »Wie? Bin ich zu spät zum Essen?«

Tuure kam heran, sein Mund umspielte ein Lächeln. »Nun, junger Mann, es gab einen Sammelpunkt, dort hättest du dich einfinden können und wärest somit pünktlich gewesen.«

Treffer, freute sich Paula mit Genugtuung.

»Ich bin kein Mensch für einen Sammeltransport! Aber das Schild war verschneit, ich bin dreimal dran vorbeigefahren!«, setzte er unbeirrbar nach.

Da mischte sich Falk ein. »Was erwartest du? Dass Tuure jede fünf Minuten rausläuft, um das Schild freizuhalten, weil du dich der Gemeinschaft nicht anpassen kannst? Komm mal runter, sag artig Hallo und setz dich!«

Paff! Das saß.

»Äh ... ja, hallo erstmal, ich bin Wolfram von Mölch, Broker in Führungsposition, also Aktien- und Wertpapierspezialist, falls ihr das Wort Broker nicht kennt. Ich ...«

»Du, Vorstellungsrunde gibt es gleich«, unterbrach Gabriel ihn.

»Okay, ich setze mich. Ich habe nämlich Hunger.« Er ließ sich auf den freien Platz sinken und wollte zum Schöpflöffel greifen. Aber auch in diesem Fall erhielt er einen Dämpfer.

»Wolfram?« Falk drehte sich zu ihm.

»Ja?« Er hielt inne.

»Hier ist kein Self-Service, du wirst bedient, jedenfalls am ersten Abend.«

Wolfram lief rot an. »O sorry, sorry, sorry, ich hatte halt so einen Hunger. Ja, die Fahrt war lang und anstrengend!«

Die Gastgeberin warf Falk einen anerkennenden Blick zu und schaufelte Wolfram die Schale voll, der sich erfreulicherweise dafür bedankte.

Die anderen nahmen noch einmal Nachschlag. Es entspann sich ein munteres Gespräch, Wolfram wurde eigentlich recht wenig beachtet, aber er fiel auch nicht mehr durch sein arrogantes Verhalten auf.

»Was haltet ihr davon, wenn ihr euch jetzt kurz vorstellt?«, schlug Ilvi vor. »Tuure und ich sind gespannt.«

Falk blickte in die Runde. »Ich hätte dazu einen Vorschlag. Wie wäre es, wenn wir lediglich unseren Vornamen, das Alter und unser liebstes Hobby verraten? Den Beruf lassen wir ganz außen vor und am Ende des Urlaubs machen wir daraus ein Rätselraten. Ist nur so eine Idee.«

Simone war sofort begeistert. »Gefällt mir.«

»Das ist spannend!«, fand auch Paula.

Tuure und Ilvi signalisierten Einverständnis.

Nur Wolfram mopperte. »Ich habe das vorhin ja schon verraten.«

»Dann geh den Urlaub mal ein bisschen langsamer an«, riet Gabriel ihm. »In unserer Runde ist Entschleunigung angesagt. Deshalb haben wir das alle gebucht.«

»Ich habe sowieso vergessen, was du machst, du hast dich mit Gemecker ganz gut eingeführt«, watschte Paula ihn ab. Sie konnte nicht anders. Außerdem war das eine kleine Rache für die morgendliche rüde Rempelei an der Gangway.

»Also, man kann das wegen dem Schild doch sagen!«, verteidigte sich Wolfram und zwinkerte nervös.

»Wegen des Schildes«, verbesserte ihn Falk, den Schalk im Nacken.

»Wie?«

»Wegen des Schildes heißt es. Wegen bedingt den Genitiv«, klärte er ihn auf.

»Ah natürlich, ich habe mich versprochen, die lange Reise«, versuchte sich Wolfram zu rechtfertigen.

»Wieso lange Reise? Bist du mit der Fähre gekommen?«

»Nein, mit dem Flugzeug.«

»Somit war deine Anreise nicht lang. Unsere war es.« Falk deutete auf Gabriel und sich. »*Wir* sind mit der Fähre gekommen.«

»Ach, erzähl mal!« Paula war neugierig. »Ich hätte auch beinahe die Fähre gebucht. Aber es war nur noch eine hochpreisige Kategorie frei, und ich hatte Angst vor Seekrankheit.«

»Es war schon ziemlich heftig«, bekannte Gabriel. »Wir waren zuerst an Deck, weil wir das Ablegen mitbekommen wollten, da pfiff uns der Wind bereits eisig ins Gesicht. Als wir die offene See erreichten, wurden die Böen wilder, sodass wir freiwillig in den Loungebereich gegangen sind und erst einmal einen Kaffee getrunken haben.«

Falk führte weiter aus. »Die Fährgesellschaft macht das schlau, jedenfalls bekommt man vom Duft frischer Backwaren auch Hunger. Mittlerweile pflügte die Fähre sozusagen durch die aufgewühlte Ostsee. Hoch, runter, hoch, runter. Man sollte schon seefest oder gut mit Tabletten versorgt sein.«

Gabriel stimmte dem zu. »Genau. Aber wir fühlten uns gut und wir haben uns an eins der großen Panoramafenster gesetzt. Man sieht nichts als Wasser. Wir haben die aufgepeitschten Wellen mit ihren weißen Schaumkronen beobachtet. Das ist durchaus beeindruckend. Gewöhnungsbedürftig ist es, wenn man in der Koje liegt.«

»Koje klingt komisch«, widersprach Falk. »Wir hatten eine annehmbare Kabine mit bequemen Betten, aber dort schaukelt es halt auch intensiv.«

»Puh«, Paula wischte sich mit einer Geste imaginären Schweiß von der Stirn. »Da habe ich mit meiner Entscheidung für den Flieger echt Schwein gehabt.«

»Ich genauso«, ergänzte Simone.

»So, nun stellen wir uns wirklich unseren Gastgebern vor, oder?« Falk sah interessiert in die Runde. »Ich heiße Falk, bin sechsundvierzig und mein Hobby sind alle Arten von Wassersport.«

»Ich schließe mich gleich an. Mein Name ist

Gabriel, neununddreißig. Wie Falk bin ich mit Leidenschaft Wassersportler. Wir haben uns beim Windsurfen kennengelernt. Unser letzter gemeinsamer Urlaub war ein Tauchurlaub in Ägypten.«

Simone wollte in der Runde weitermachen, aber Wolfram war schneller. »Ich heiße Wolfram von Mölch und ...«

»Den Familiennamen wollten wir nicht wissen«, seufzte Falk auf.

»Warum eigentlich nicht? Also, ich heiße Wolfram von Mölch, ich bin dreißig und Hobbypilot. Ich habe natürlich ein eigenes Flugzeug, das ich mir von einem gelungenen Aktiendeal gekauft habe. Ich liebe es, mit meiner Cessna zu fliegen. Aktien sind mein Beruf. Ich habe ein Näschen dafür. Mein Aktien- und Wertpapiervermögen beläuft sich auf ...«

»Danke, Wolfram, iss ruhig erst auf«, stoppte Simone ihn amüsiert und ließ ihm auch keine Möglichkeit zu weiteren Ausführungen. »Ich bin Simone, zweiundvierzig, und ich reise mit Leidenschaft.«

Paula schloss sich an. »Paula, dreiunddreißig, ich stricke und bastele gern. Sie drehte sich zu Wolfram und schaute ihn giftig an. »Warum verdrehst du dabei die Augen?«

Wolfram fühlte sich wohl ertappt, denn er verteidigte sich sofort. »Hab ich gar nicht!«

»Hast du doch!«

»Nein!«

Bewusst verdrehte nun Paula ihre Augen, worauf Wolfram logischerweise reagierte. »Jetzt hast *du* die Augen verdreht!« Und er zeigte sogar mit dem Finger auf sie.

»Nein!«

»Hast du doch!«

Paula konterte. »Siehst du! Blödes Gefühl, wenn man angelogen wird, was?«

»Ich sag einfach mal sorry.« Wolfram wollte ihr die Hand reichen und schmiss dabei sein Glas um.

»O sorry, sorry, sorry!«

Ilvi nahm der ganzen Situation die Schärfe, sie kommentierte mit einem gutmütigen Lächeln: »Ich stelle fest, wir sind eine muntere Runde.«

6

Ilvi nahm Paulas Handarbeitsthema auf. »Du, ich handarbeite auch gern.« Sie deutete auf die Pullover, die sie und ihr Mann trugen. »Die habe ich gestrickt.«

Zwischen den beiden entspann sich ein kleines Expertengespräch, weil sich Paula nach dem kunstvoll eingestrickten Rentier erkundigte.

Falk wollte von Simone wissen, wohin denn ihre nächste Reise geplant war. »Im kommenden Mai fliege ich für eine Woche mit meiner Freundin Anna nach New York. Ich war bereits zweimal dort, eine tolle Stadt.«

»Stimmt. Ich bin vor drei Jahren in der Vorweihnachtszeit in New York gewesen und hatte das

Glück von reichlich Schnee. Ich habe den Schlittschuhfahrern am Rockefeller Center zugesehen und auch den riesigen Weihnachtsbaum bewundert, der mit tausenden von stimmungsvoll leuchtenden LEDs geschmückt ist. Auf der Spitze funkelt ein großer, mit Strasssteinen besetzter Stern. Es ist absolut beeindruckend. Irgendwann möchte ich Anfang Dezember den feierlichen Countdown miterleben, wenn die Lichter eingeschaltet werden und viele bekannte Künstler auftreten. Das ist ja ein richtiges Fest und wird auch im Fernsehen übertragen.«

»Ich war im Frühling und im Sommer in New York. Aber zum Christmas Shopping würde ich für mein Leben gerne fliegen.«

»Das solltest du tun. Die Stimmung ist fantastisch, genauso wie die weihnachtlichen Dekorationen. Man könnte sagen, es ist wie ein buntes betriebsames Märchenland.«

»Und hier«, Paula stützte ihre Ellenbogen am Tisch ab und legte ihr Kinn in die Hände, »haben wir unser diesjähriges ruhiges Winterwunderland.« Sie sah aus dem Fenster. »Seht nur, wie die dicken Flocken rieseln.«

»Wir haben heute keinen Wind«, ergänzte Tuure. »Dann ist es draußen zwar eiskalt, aber richtig schön, auch um Touren in die Wälder zu unternehmen.« Er erhob sich. »Es ist wenig Feuerholz da. Ich werde noch welches reinholen.«

Gabriel stand auf und folgte Tuure. »Ich helfe dir.«

Ilvi kündete ein Dessert an. »Es gibt einen Ofenpfannkuchen. Ich bereite ihn ruckzuck vor.«

Paula und Simone folgten ihr in den Küchenbereich. »Mögt ihr ein paar Äpfel kleinschneiden?«

Natürlich wollten die beiden und bewaffneten sich mit den Messern, die Ilvi ihnen reichte. »Bitte in recht dünne Scheiben.«

Simone legte los. »So?«, fragte sie und hielt ihrer Gastgeberin ein Probestück hin.

»Genau.«

Ilvi rührte Eier, Milch, Mehl, Zucker, Vanillezucker und etwas Butter zusammen. Sie bereitete ein Zimt-Zucker-Gemisch zu und belegte zwei Backbleche mit Backpapier.

Nachdem Paula und Simone das Schnippeln beendet hatten, goss sie den wartenden Teig auf die Bleche und verteilte die Äpfel darauf. »Nun noch Zimt-Zucker drüber«, verkündete Ilvi und schob die Bleche in den vorgeheizten Ofen.

Sie hörten die Stimmen von Falk und Wolfram, die sich am Esstisch unterhielten. Paula sah mit einem schrägen Blick zu ihnen.

»Du magst Wolfram nicht besonders, oder?«, erkundigte sich Ilvi.

»Nicht wirklich. Das hat seinen guten Grund.« Leise erzählte sie von ihrem Zusammentreffen auf dem Flughafen.

»Er scheint dich aber nicht erkannt zu haben«, mutmaßte Ilvi.

»Das wundert mich auch nicht. Er ist ja so was von selbstverliebt.«

Simone war anderer Meinung. »Ich glaube, der ist einfach nur unsicher und höllisch nervös. So ein blasser Nerd, der keine Freunde hat, weißt du.«

Paula wiegte den Kopf überlegend hin und her. »Hat der eigentlich schon mal in den Spiegel geschaut? Der hat eine Frisur wie 'ne Spülbürste.«

Da brachen Simone und Ilvi in Lachen aus.

»Hey, es ist wohl lustig bei euch. Dürfen wir mitlachen?«, rief Falk vom Tisch aus.

»Reine Frauensache«, gluckste Simone.

In der Zwischenzeit waren Gabriel und Tuure mit Feuerholz zurückgekehrt. Während Tuure Holz im Kamin nachlegte, schichtete Gabriel den Rest auf den fast leeren Stapel daneben. Auf seinem dunklen Haar schmolzen langsam die weißen Schneepunkte.

»Sieht lustig aus, deine Schneekrone«, fand Simone.

Gabriel wuschelte sich einmal durchs Haar. »Ich hätte auch meine Kapuze aufsetzen können, aber irgendwie ...«

»Ein Schneekönig ist doch ein ansprechender Titel«, kommentierte sein Freund Falk.

Der aromatische Duft der Ofenpfannkuchen zog

zu ihnen.

»Wir werden heute richtig verwöhnt.« Simone freute sich.

Alle tranken noch einen Glögi und das hob die Stimmung. Selbst Wolfram behielt seine Angebereien für sich und hörte den anderen der Tischrunde nur zu.

Den Ofenpfannkuchen verputzten sie bis auf den letzten Krümel und Ilvi musste versprechen, ihn nochmals während ihres Aufenthaltes zu machen.

Als das gemütliche Zusammensein beendet wurde, kam Ilvi auf die Zimmerverteilung zu sprechen. »Wir haben vier Gästezimmer im Obergeschoss mit zwei Bädern. Unter dem Dach sind zwei Zimmer, die sich ein Bad teilen. Ich dachte mir ...«

Aber weiter kam Ilvi nicht. Wolfram erhob den Zeigefinger. »Für das Dachgeschoss melde ich mich an. Ich muss Ruhe haben, ich habe einen anstrengenden Job. Wenn unten vier Räume sind, passt es perfekt für die anderen.«

Paula starrte ihn sprachlos an, während Simone sich wehrte. »Also, lieber Wolfram, ich denke, du solltest erstens Ilvi nicht ins Wort fallen und zweitens die Entscheidung den Gastgebern überlassen. Jedes Gästezimmer wird schön sein – und definitiv hast du keine Etage gebucht, sondern ein Zimmer.«

»O ja, irgendwie stimmt das, sorry, sorry.«

Ilvi hatte eine andere Vorstellung der Zimmereinteilung. »Wir haben uns gedacht, die jungen Frauen nehmen das Dachgeschoss und die Männer schlafen in der ersten Etage. Ich bringe Paula und Simone eben nach oben.«

»Wir helfen Koffer tragen.« Falk stand auf und Gabriel ebenfalls.

Während die Männer das Gepäck die knarrende Holztreppe hochhievten, schaute sich Paula noch einmal um. Wolfram ließ sich von Tuure einen weiteren Glögi einschenken. Na toll, den durften die Männer somit wohl später die Treppen hochtragen. Der hatte schon vom ersten Glögi einen leichten im Schlappen gehabt. Aber das war nicht mehr ihr Problem, die Herren der Schöpfung mussten sehen, wie sie damit klarkamen.

Im Dachgeschoss gab es eine kleine Diele, von der aus drei Türen zu erreichen waren. Ilvi deutete auf die Tür in der Mitte. »Da ist euer Bad. Schaut euch die Zimmer an und einigt euch.«

Simone sah Paula an. »Was hältst du davon, wenn wir uns ganz unspektakulär vor eine Tür stellen?«

»Okay, dann geh du als Erste.«

Simone hüpfte grinsend vor die linke Tür. »Meins.«

Ilvi schüttelte amüsiert den Kopf. »Solche Gäste habe ich gern.«

Falk, der sich Simones Koffer gegriffen hatte,

öffnete die Tür und trug ihn hinein. Simone und Paula folgten ihm ebenfalls voller Neugier.

Das Zimmer war mittelgroß und behaglich in Naturtönen eingerichtet. Die Holzwände versprühten eine heimelige Atmosphäre, unterstützt von den cremefarbenen Gardinen, die die Fenster einer Gaube zierten.

Das robuste, breite Holzbett dominierte den Raum. Die helle Flanellbettwäsche sorgte mit Sicherheit für angenehm warme Nächte, während die klirrende Kälte und die Schneeflocken durch das Fenster schauten. Ein gemütliches Sofa beherbergte zwei Kuscheldecken und Weihnachtskissen. Der Ohrensessel sah im wahrsten Sinne des Wortes saubequem aus, und auf dem zum Ensemble gehörenden Tisch stand ein üppiges Weihnachtsgesteck mit frischer Tanne, roten Kugeln sowie kleinen Holzrentieren.

Außerdem gab es noch einen Schrank mit schönen Holzintarsien.

»Wie hübsch!« Simone drehte sich zu Ilvi und strahlte sie an.

»Ab in mein Reich!« Paula konnte es kaum erwarten, huschte hinaus und öffnete die Tür des anderen Zimmers.

Dieser Raum war ähnlich eingerichtet wie Simones. Die Gaube allerdings zierten weinrote Seitenschales und auch die Flanellbettwäsche hatte die passende Farbe. Das Gesteck auf dem Tisch war in

Goldtönen gehalten.

Paula freute sich. »Es ist genauso heimelig! Wir werden wundervoll schlafen.«

In diesem Augenblick erschien Wolfram auf der Bildfläche.

7

Paula starrte den ungebetenen Gast an. »Was willst du denn hier?«

»Nur mal schauen.« Gar nicht schüchtern trat er in Paulas zukünftiges Gästezimmer. »Nett!« Er marschierte durch zur Gaube und schaute hinaus. »Hey! Krasser Überblick von hier oben.«

In Paula krabbelte Ärger hoch. Was bildete sich dieser Kerl eigentlich ein? Nicht einmal ihre lieben Kofferträger Falk und Gabriel waren durch das komplette Zimmer gewalzt! Sie hatten nur höflich die Koffer abgestellt.

»Mädels!« Wolfram drehte sich wieder zu ihnen um. »Wollt ihr mir das Reich hier oben nicht überlassen? Ich muss ein bisschen Ruhe haben, um meine Aktiengeschäfte zu erledigen. Ihr seid doch bei den Jungs unten bestens aufgehoben.« Er zwinkerte Paula neckisch zu.

»Pass mal auf, Wolfram«, Falk stemmte die Hände in seine Hüften. »Das Sagen hat Ilvi, nicht du. Du hast keine Etage gebucht. Wenn du arbeiten willst, kannst du das auch ein Stockwerk tiefer tun.«

Paula hätte den unverschämten Kerl am liebsten an den Haaren aus ihrem Zimmer gezogen. »Weshalb hast du dir kein Haus im Norden Lapplands gemietet, ganz für dich allein? Dort hättest du deiner Arbeitslust in aller Ruhe frönen und deine merkwürdige Laune an ein paar Rentieren auslassen können. Oder einem Elch. Der hätte dir schon gezeigt, was du darfst und was nicht. Außerdem: Wenn du arbeiten willst, warum bist du dann nicht zu Hause geblieben? Und jetzt raus aus meinem Zimmer!« Ihr ausgestreckter Arm Richtung Tür unterstrich ihre Forderung.

»Was bist du denn so übel gelaunt? Ich habe doch nur gefragt«, verteidigte sich Wolfram und grinste schief, rot anlaufend. »Sorry, ich wollte dich nicht ärgern. Aber du bist echt total süß, wenn du dich aufregst.«

»Hast du zu viel Glögi getrunken? Verzieh dich, sonst bekommst du von mir einen Tritt bis ins Erdgeschoss spendiert«, fauchte Paula ihn an.

Mit einem Luftkuss für sie spazierte er aus dem

Zimmer und die Treppen hinunter.

»Darf man eigentlich auch Weihnachtswünsche äußern?«, fragte Paula. »Ich hätte gern diese wundervolle Küchenrolle Wisch & Weg!«

Falk lachte los und Simone legte die Hand um Paulas Schulter. »Reg dich über den nicht auf. Er hat gerade nur seine Unsicherheit überspielt und versucht zu flirten.«

»Wie erbärmlich und peinlich! Mensch, der benötigt aber Intensiv-Nachhilfe.«

»Gib ihm eine Chance. Biete ihm einen Crashkurs bei dir an.« Simone kicherte.

»Never ever!« Paula konnte ob der skurrilen Situation schon wieder lächeln. »Aber ich will nichts mit dem zusammen unternehmen.«

»Wir müssen in unserer Zeit hier mit dem nichts gemeinsam machen.«

»*Wir* würden uns aber freuen, wenn ihr Lust hättet, etwas mit uns zu unternehmen, nicht wahr, Gabriel?« Falk sah zu seinem Freund hin und danach wanderte sein Blick zu Simone.

Paula staunte, denn Simone war sofort dabei. »Ja, klar doch! Aber morgen wollen wir es langsam angehen lassen.«

»Wir auch.«

»Dann geht doch zum See und lauft Schlittschuh«, schlug Ilvi vor. »Wir haben eine Reihe von Schlittschuhpaaren, darunter findet ihr sicherlich passende. Und nun, Falk, Gabriel, wollt ihr euch auch eure Zimmer ansehen?«

Die beiden folgten Ilvi ein Stockwerk tiefer.

»Wollen wir zwei uns gleich nach dem Auspacken noch zusammensetzen?«, fragte Simone.

Paula freute sich. »Sehr gern.«

»Dann komm doch rüber zu mir, wenn du fertig bist.«

»Mache ich.«

Nachdem Simone gegangen war, öffnete Paula den Holzschrank mit den hübschen Intarsien. Sie wunderte sich selbst, dass sie so viel in ihrem Koffer hatte unterbringen können. Nach dem Einräumen war der Schrank gut ausgelastet.

Sie gönnte sich einen Moment der Ruhe und trat ans Fenster. Was für ein Ausblick! Große, fluffige Schneeflocken schwebten sanft vorbei, als wollten sie ihre Reise zur Erde bewusst langsam antreten. Eine schimmernde Schneedecke lag über der Landschaft und sorgte dafür, dass es nicht völlig dunkel war. Die Zweige der Tannen und der kahlen Bäume trugen dicke Schneemützen. Es wirkte so friedlich und ruhig.

Sie schaute von ihrem Zimmer aus außerdem auf den geschmückten Tannenbaum, dessen Lichter die Schneeflocken zum Glitzern brachten. Paula nahm ihr Handy, öffnete das Fenster und nahm ein kurzes Video von dem nächtlichen Schneezauber auf. Hoffentlich ließ sich das Glitzern auch verewigen!

Auf dem Fensterbrett lag ebenfalls eine Schicht Schnee, die so verlockend funkelte, dass sie am liebsten mit der Hand darübergestrichen hätte.

Alles richtig gemacht, Paula, dachte sie voller Freude. Du hast einen besonderen Urlaub gewollt – und du hast ihn bekommen.

Ihre große Kosmetiktasche, die sie als Handgepäck mit ins Flugzeug genommen hatte, brachte sie ins Bad, dessen Tür weit geöffnet war.

Simone war bereits dort und stellte ihre Artikel auf. »Ich habe dir hier Platz gelassen.« Sie deutete auf das Ablagebord. »Ist das für dich okay?«

»Sicher. Danke.« Paula sortierte ihre Sachen.

Danach wechselten beide rüber in Simones Zimmer. »Ich mache uns die Tischleuchte auf dem Sideboard an. Die hat ein angenehm weiches Licht. Das habe ich bereits ausprobiert. Sie knipste die kleine Leuchte an und löschte das Deckenlicht. Nun erfüllte ein warmer, behaglicher Schein den Raum. »Hast du schon gesehen, Paula? In der Ecke hinter dem Schrank gibt es noch eine Nische mit einem kleinen Beistelltisch – und schau mal, was darauf steht.«

»Och, das ist ja nett.« Paula hob die Flasche hoch, die auf einem Tablett wartete. »Heidelbeerwein. Weihnachtsplätzchen stehen auch hier. Und ein Wasserkocher samt Teebeutel! Das habe ich bei mir gar nicht gesehen. Hoffentlich habe ich das auch.«

»Bestimmt. Man schaut nur nicht zuerst in diese kleine Nische. Lass uns den Heidelbeerwein probieren, ja?«

»Unbedingt.«

»Mach es dir auf dem Sofa oder im Ohrensessel bequem. Ich gieße uns ein Glas ein.«

Paula entschied sich für den Sessel und ließ sich hineinsinken. »Ist der klasse! Es fühlt sich an, als wolle er mich warm willkommen heißen.«

»Nimm dir eine von den Kuscheldecken vom Sofa«, bot Simone an.

»Au ja!« Paula sprang auf und schnappte sich ein Flauschteil.

Simone kam zu ihr und reichte ihr ein Glas. »Zum Wohl, Paula, auf unseren gemeinsamen zauberhaften Winterurlaub in Finnland.«

»Trinken wir darauf.«

Leise ließen sie die Gläser erklingen.

Dann schien Simone die Neugier zu packen. »Warum hast du diesen Urlaub gebucht? Wie lange bist du schon Single? Darf ich dich das fragen?«

»Natürlich. Es ist irgendwie schräg, oder? Wir haben uns auch im Café am Flughafen unterhalten, und trotzdem sind noch viele Fragen offen.« Paula hob ihr Glas hoch und schwenkte es ein wenig. Der Heidelbeerwein reflektierte im Licht einen fast tiefrot-violetten Schimmer. »Schau dir diese Farbnuancen an!«

»Das funkelt, nicht? Wie die Schneeflocken, nur in einem Violettton. Hach, was haben wir es gut!«

»Du hast recht.« Paula blieb einen Moment still, dann begann sie zu erzählen. »Ich bin seit letzten März Single. Sascha und ich waren drei Jahre ein Paar, aber wir haben in getrennten Wohnungen gelebt. Kurzum: Er hat sich in seine Arbeitskollegin verliebt.«

»Oje.«

»Ja. Doof. Wir waren zu einer Silvesterparty eingeladen, dort war sie auch zu Gast. An dem Abend habe ich nichts gemerkt, es war wie sonst. Wie das eben so ist. Man tanzt mal mit dem einen, dann mit einem anderen. Man amüsiert sich und verbringt ein paar schöne Partystunden.« Paula zuckte mit den Schultern. »In den folgenden Wochen hat er oft von ihr geredet, bis er mir eines Abends reinen Wein eingeschenkt und gestanden hat, dass er sich in sie verliebt hat.«

»Und er hatte zu der Zeit bereits was mir ihr angefangen?«, wollte Simone wissen.

»Nein. Er hat tatsächlich erst die Beziehung zu mir beendet, bevor er ...«, sie schluckte. »Egal. Ich hab's überlebt. Aber ich hatte echt null Bock auf ein Silvester in der Heimat mit Freunden oder Kollegen. Die haben alle Partner, dazwischen fühle ich mich mittlerweile wie ein Alien. Und meist sind sie noch besonders nett. Leider beschleicht mich deshalb immer das Gefühl, sie haben Mitleid mit mir. Das brauche ich nicht. Jedenfalls nicht dieses Jahr.«

»Verständlich. Weißt du, was wir uns wünschen sollten?«

»Nein, sag schon«, drängte Paula lächelnd.

»Für jede von uns ein kleines Weihnachtswunder.«

8

Paula stutzte. »Das ist eine ganz fantastische Idee! Anscheinend benötigen wir beide ein Wunder. Wie ist es denn bei dir? Warum eigentlich bist du Single?«

»Ich war verheiratet und wir haben uns ein Kind gewünscht. Ich hatte leider drei Fehlgeburten. Jeder Mensch verarbeitet solche Schicksalsschläge anders. Das hat unsere Beziehung, trotz der gemeinsamen Trauer, belastet. Nach der dritten Fehlgeburt war klar, ich würde keine Kinder mehr bekommen können. Um es kurz und knapp zu sagen, mein Mann hat mich um die Scheidung gebeten, damit er sich seinen Wunsch mit einer anderen

Frau verwirklichen kann.«

Paula sah, dass in Simones Augen Tränen schimmerten. »Das tut mir total leid für dich. Aber wäre nicht eine Adoption möglich gewesen?«

»Für ihn nicht. Er wollte eben sein eigen Fleisch und Blut haben. Unsere Scheidung ist mittlerweile sieben Jahre her. Ich habe das seinerzeit auch nicht in die Länge gezogen, hätte ich tun können, doch wofür? Man muss akzeptieren, wenn ein Mensch nicht mehr will und die Liebe nicht ausreicht. Für mich hieß die Devise: Schau nach vorn, Simone! Allerdings geht es mir in diesem Jahr genauso wie dir, ich hatte keine Lust auf ein übliches Silvester mit Freunden, die verheiratet sind oder Partner haben. Ich brauchte Abstand und etwas Neues. Als ich die Online-Annonce entdeckte, habe ich spontan gebucht. Das war im Oktober.«

»So lange schon? Ich habe erst vergangene Woche gebucht und das letzte Zimmer erwischt.«

»Du, ich finde unser Zusammentreffen cool. Dabei hatte ich mir im Flugzeug vorgenommen, niemandem von meiner Single-Reise zu erzählen, es war mir, keine Ahnung warum, peinlich.«

Paula kicherte los. »Mir auch.«

Sie plauschten noch eine Weile, dann erhob sich Paula. »Bis morgen, Simone! Willst du zuerst ins Bad oder soll ich?«

»Geh du, ich trinke erst in aller Ruhe mein Glas aus. Ich wünsche dir einen tollen Traum.«

Paula beeilte sich im Bad und ließ hinterher die Tür geöffnet, damit Simone sah, dass es frei war.

Im Bett liegend, hielt sie die Augen noch für eine Weile offen. Sie musste an Simones Schicksal denken. Drei Fehlgeburten, wie schrecklich! Und oben drauf die Trennung vom Ehemann. Sicherlich hatten die Gefühle in ihr getobt. Paula mochte sich das gar nicht ausmalen. Simone wirkte von ihrem Wesen her fröhlich und heiter – welch schlimmes Erlebnis hinter ihr lag, konnte niemand ahnen.

Sie sah zum Fenster. Wie vorhin schwebten die Schneeflocken sanft vorbei. Sie zog die weiche Flanellbettwäsche bis zum Kinn hoch. Noch während sie überlegte, wie sich der morgige Tag wohl gestalten würde, war sie eingeschlafen.

Beim Aufwachen blinzelte Paula zum Fenster hin. Rund um die Sprossen hatte sich der Schnee gelegt. Wie bezaubernd das aussah! Sie stieg aus dem Bett. Beim ersten Schritt auf dem dicken Teppich kam die Erinnerung an ihren Traum, und der war ziemlich real.

Sie war nachts noch warm eingepackt aus dem Haus geschlichen. Im Garten hatte sie ein freundliches Rentier und einen hübschen Schneehasen getroffen – beide lud sie zu sich in ihr Zimmer im Dachgeschoss ein. Das Rentier hatte sich umgesehen, während der Hase an dem Couchtisch schnupperte, denn darauf lagen einige Möhren. Sie fütterte die Tiere damit und schaute in vier sanfte, braune, dankbare Augen.

Danach hatte sich das Rentier auf den Teppich vor ihrem Bett abgelegt und der kleine hübsche Schneehase hüpfte auf ihre Bettdecke und machte es sich dort bequem. Ganz vorsichtig war sie unter die Decke geschlüpft und froh, nicht allein einschlafen zu müssen. In der Nacht war der Hase näher zu ihr gekommen, und sie hatte eine Hand auf sein flauschiges Fell gelegt. Wunderbar, ein warmes, weiches Lebewesen so nah zu fühlen.

Es gab wirklich bekloppte Träume.

Sie schaute aus dem Fenster. Auch heute wehte kein Wind. Lediglich unten im Garten bemerkte sie eine Bewegung. Und was sah sie? Einen kleinen Schneehasen, der kurz zu ihr hochschaute! Hatte er ihr etwa gerade zugezwinkert? Wusch!

War der nicht eben in ihrem Bett gewesen? Sie konnte sein Flauschfell quasi noch an ihren Fingern spüren. Sie blickte zu ihrem Bett und glaubte, die Kuhle zu erkennen, wo das Tierchen gelegen hatte. Wieder schaute sie aus dem Fenster, das Häschen war verschwunden. Ein Trugbild? Nein. Es hatte Pfotenspuren im Schnee hinterlassen! Hatte es ihr wirklich zugezwinkert? Sie schloss für einen Moment die Augen. Was war das gewesen? Eine optische Täuschung oder eher finnische Wintermagie?

Paula linste aus dem Zimmer. Die Badezimmertür

stand offen, also schlief Simone noch. Sie huschte ins Bad und gönnte sich eine heiße Dusche. Ihr Magen meldete auch schon Bedarf an.

Sollte sie bei Simone anklopfen? Allein wollte sie nicht zum Frühstück runtergehen. Aber die Frage wurde ihr abgenommen, denn Simones Zimmertür öffnete sich und sie erschien, bereits völlig angekleidet und geschminkt, ihr glänzendes blondes Haar wieder zu einem ansprechenden Zopf geflochten.

»Moin, du, wollen wir finnisch frühstücken gehen?«

»Auch moin, klar. Ich hatte vermutet, ich sei die Erste im Bad.«

Simone schüttelte den Kopf. »Ich bin eben ein Early Bird. Los, auf geht's. Ich bin gespannt, was Ilvi uns kredenzt.«

Gemeinsam stiegen sie die leise knarrende Holztreppe hinunter.

Sie wurden herzlich von Ilvi begrüßt, die soeben frische Brötchen aus dem Backofen holte. Der alte Holztisch war bereits eingedeckt. Eine Platte mit geräuchertem Lachs, dekoriert mit Zitronenscheiben und frischem Dill, stand mitten auf dem Tisch. Paula liebte diesen appetitlichen Orangeton, der zu den Rändern hin, wo er dünner geschnitten war, heller und leicht durchsichtig, fast rosafarben, erschien.

Aufgeschnittenes Roggenbrot wartete ebenfalls,

zu dem sich nun die ofenfrischen, warmen Brötchen gesellten.

»Ich habe für alle *Puuro* gemacht«, verkündete Ilvi. »Das ist eine Art Haferbrei mit Früchten. Wir Finnen lieben es.«

»Das mag ich auch.« Simone setzte sich freudig an den Tisch. »Verschiedene Käsesorten, die sind was für mich!«

»Nehmt euch ruhig schon Kaffee.« Ilvi deutete auf eine Thermoskanne. »Oder möchtet ihr lieber Tee?«

Simone verneinte, während Paula schon zur Kanne griff. Sie goss Simone eine Tasse ein, die beim Anblick des dampfenden Kaffees aufseufzte. »O ja, Kaffee am Morgen ist wirklich das Erste, was ich haben muss, um mich der Welt zu stellen.«

»Ich auch!« Schwupp, war auch Paulas Tasse gefüllt.

Sie hörten Schritte auf den Treppenstufen. Falk und Gabriel gesellten sich zu ihnen.

»Na, gut geschlafen?«, erkundigte sich Falk und sein Blick blieb wieder länger an Simone hängen.

»Sehr gut! Aber ich habe schon zu Paula gesagt, ich bin ein Early Bird und war bereits um sechs wach. Ich habe meinen e-Reader mit und noch ein bisschen gelesen, bevor ich ins Bad gegangen bin. Es war so kuschelig im Bett.«

Paula hielt sich mit Äußerungen zurück. Was sollte sie erzählen? Ihren merkwürdigen Traum?

Den behielt sie besser für sich. Stattdessen griff sie zum Rührei, das Ilvi in einer großen Schale soeben auf den Tisch gestellt hatte.

»Wo ist denn Tuure?«, erkundigte sich Gabriel.

»Er schaut draußen nach dem Rechten. Wenn es viel geschneit hat, ist das notwendig.«

Kaum hatte Ilvi das mitgeteilt, betrat Tuure das Haus. Er setzte sich zu ihnen, Ilvi ebenfalls und sie frühstückten gemeinsam. Es war wieder eine muntere Runde zum Wohlfühlen.

Paula hatte gar nicht mitbekommen, dass Wolfram plötzlich im Raum stand.

»Ihr habt schon angefangen zu frühstücken?« Wolfram kratzte sich nervös an der Wange.

»Guten Morgen, Wolfram«, erinnerte ihn Simone an den Gruß.

»Ja, natürlich, sorry, ich bin noch ein bisschen verschlafen. Guten Morgen allerseits.«

Ausgerechnet auf den Platz neben Paula ließ sich Wolfram nieder. Er hielt sich bei dem munteren Geplauder zurück, konzentrierte sich stattdessen darauf, so viel wie möglich zu essen. Paula hätte ihn am liebsten wie ein Kind zurechtgewiesen, aber sie beherrschte sich.

In diesem Moment klingelte sein Handy. Er erhob sich. »Tja, Freunde, die Aktiengeschäfte rufen«, warf er in die Runde und verschwand.

9

»Was meint ihr, gehen wir gemeinsam Schlittschuhlaufen?«, fragte Falk.

Paula wollte schnell aus dem Haus. »Wenn wir uns beeilen, sind wir weg, bevor Wolfram nach seinen großartigen Geschäften wieder auftaucht und womöglich noch mitkommen will.«

Ilvi hatte einen amüsierten Zug um den Mund. »Dann holt euch fix warme Sachen und kommt zum Hintereingang, dort warten die Schlittschuhe auf euch.«

Paula und Simone spurteten die Treppen hoch, gefolgt von Falk und Gabriel.

Ups, sollte sie zusätzlich eine Strickjacke unterziehen? Paula war sich nicht sicher, daher hechtete sie zu Simone. »Was meinst du, muss ich noch was Warmes für drunter haben?«

»Nein, du hast dir doch extra diese dicke Jacke gekauft, hast du mir erzählt. Das Hellblau ist übrigens eine total schicke Farbe und steht dir super zu dem dunklen Haar. Und wir bewegen uns ja schließlich.«

»Danke! Okay, dann wäre ich so weit fertig.« Sie fasste an ihre Jackentasche. »Ja, Handy ist dabei.«

Als sie die Hintertür erreichten, hatten sich Falk und Gabriel ihre Schlittschuhe bereits ausgewählt. Fix suchten Simone und Paula nach passenden Größen, und sie brachen auf. Die Wintersonne lugte durch die Wolken und ließ den Schnee stellenweise glitzern.

»Wisst ihr, wo wir lang müssen?«, fragte Paula irritiert.

»Tuure hat gesagt, hinter den Tannen liegt der See, ungefähr fünf Minuten entfernt, er gehört sogar zum Grundstück.«

Sie wanderten zwischen den tief verschneiten Bäumen hindurch, der Schnee knirschte unter ihren Schuhen. Es war das einzige Geräusch, denn sie waren alle verzaubert von der Winterwelt, sodass sie stumm blieben und die Landschaft bewunderten.

Wie gut, dass ich mir noch die dicken Moonboots gekauft habe, dachte Paula mit Zufriedenheit.

Kurz darauf war der See erreicht.

»Wow, ist der riesig!«, brach es aus Paula heraus, als sie den See betrachtete, dessen Schneekristalle wie Diamanten funkelten.

Falk und Gabriel nahmen die Schlittschuhe von den Schultern und wechselten sie gegen ihre Winterstiefel aus.

»Los, Mädels!«, spornte Falk die beiden an.

»Ich muss etwas gestehen.« Simone sah verschämt auf den schneebedeckten Boden. »Ich bin noch nie Schlittschuh gelaufen.«

»Echt nicht?« Paula war total überrascht. »Warum hast du denn nichts gesagt?«

»Ich wollte euch den Spaß nicht verderben. Wisst ihr was? Ich schaue euch zu.«

Aber Falk schüttelte den Kopf. »Das kommt überhaupt nicht in Frage! Schlittschuhlaufen ist cool. Wir helfen dir.«

»Besser nicht.«

»Doch!«, schmetterte Paula ihren Rückzug ab. »Du wirst sehen, es macht Laune und du hast das ruckzuck raus.«

Etwas zögerlich wechselte Simone die Schuhe. Falk kam zu ihr und zog sie hoch. »Komm, ich führe dich aufs Eis.«

»Huaaah!« Simone war äußerst unsicher auf den Füßen und wackelte auf den schmalen Kufen hin und her.

Währenddessen glitt Gabriel bereits geschickt

über das Eis und Paula versuchte auch ihre ersten Schritte. »Mein Gehirn muss sich wieder erinnern«, tat sie kund. »Ist wohl wie Fahrradfahren, man verlernt es nicht.«

Falk hielt Simones behandschuhte Hände in seinen. »Siehst du, geht doch schon ein bisschen.«

Simone fasste Mut, aber ihr Atem zeigte ihre Aufregung. Stoßweise kamen die kleinen weißen Atemwölkchen. »Das macht tatsächlich Spaß.« Genau in diesem Moment geriet sie ins Stolpern und Falk fing sie auf. »Hopsala!«

Paula drehte sich zu ihnen um – und was sie sah, ließ sie schmunzeln. Die Bewegungen der beiden wirkten wie eingefroren. Die Gesichter nah beieinander, sahen sie sich in die Augen. Falk hielt Simone eng umschlungen.

Gabriel, der sich ein Stück von den Dreien entfernt hatte, fuhr eine elegante Kurve und kam an Paulas Seite. Er grinste breit. »Das sieht ja so aus, als hätten sich zwei gefunden.«

Simone und Falk lösten sich aus der Starre.

»Danke fürs Auffangen.« Simones Wangen hatten eine rosige Farbe angenommen.

»Hab ich zu gern gemacht. Fall ruhig noch einmal, ich fang dich auch ein zweites Mal auf«, ermutigte Falk sie, ließ sie los und breitete die Arme aus. In diesem Augenblick verlor Simone das Gleichgewicht und stürzte tatsächlich, aber auf ihren Hintern.

Falk kommentierte das locker mit: »Braves Mädchen, leider die falsche Richtung.«

Da brachen beide in Lachen aus. Falk zog sie wieder hoch. »Mach weiter. Zum Ende des Urlaubs hin kannst du Pirouetten drehen.«

Simone winkte ab. »Wäre schon schön, wenn ich wenigstens ein paar Meter ohne Sturz schaffen würde. Das tut nämlich weh.« Sie rieb sich über ihren Po.

Paula sah Gabriel zu, der elegant über das Eis glitt, teilweise auch rückwärts. »Du kannst ja echt perfekt Eislaufen.«

»Mein Vater war Eishockeyspieler. Somit kriegt man als Knirps automatisch Schlittschuhe unter die Füße. Mein Bruder ist übrigens in seine Fußstapfen getreten. Er spielt ebenfalls Eishockey.«

»Eine sportliche Familie«, fand Paula anerkennend.

»Sport wird immer noch großgeschrieben bei uns. Meine Mutter ist Leichtathletin.« Gabriel fuhr mit Elan weiter.

Paula stand nun fast genau in der Mitte. Gabriel entfernte sich mit eleganten Schwüngen, während Simone und Falk sich, wie verliebte Teenager, an den Händen hielten.

Bahnte sich da etwa eine Romanze an? Nachdem, was sie von ihrer neuen Freundin wusste, gönnte sie ihr diese Flirtmomente von ganzem Herzen. Paula wandte sich ab, probierte sich aus und mit jedem Schritt auf dem Eis gelang es ihr wieder besser.

Nach einer Weile blieb sie stehen und stützte ihre Arme auf den Oberschenkeln ab. Tief sog sie die eiskalte Luft ein und produzierte ein paar hübsche Atemwolken. Sie sah zum Horizont und stellte fest, dass dicke Wolken aufzogen und die Sonne verdrängten. Ob es heute wohl erneut Schnee gab? Hier konnte man die Seele baumeln lassen. Die weiße Landschaft verströmte Ruhe und Frieden. Und noch mehr Schnee war ihr so was von willkommen.

Genau in dem Moment, als sie sich darüber freute, rief jemand vom Ufer: »Hey, hallo, wartet mal! Ich komme auch.«

Aufgeschreckt erkannte Paula Wolfram. Och nö!

Gabriel schoss heran und gemeinsam glitten sie zu Simone und Falk.

»Den werden wir wohl in diesem Urlaub nicht wirklich los, was?«, vermutete Simone.

»Ich bemühe mich, so kotzig wie möglich zu ihm zu sein, damit er keine Lust mehr auf uns hat. Das kann ich«, verkündete Paula, musste aber grinsen.

Falk antwortete im Sinne der anderen. »Wir müssen gar nichts mit dem machen, wir sind schließlich keine Reisegruppe.«

»Diese Worte sind Musik in meinen Ohren«, bekannte Paula.

Da glitt Wolfram auch schon heran. Blöderweise

konnte der Kerl Schlittschuhfahren, und das gar nicht schlecht. Er positionierte sich an Paulas Seite. »Hey, warum habt ihr mir nicht gesagt, dass ihr zum See geht?«

»Wolfram, mein Freund«, begann Falk und stemmte die Hände in die Hüften, »erst einmal bist du wegen ach so wichtiger Geschäfte einfach vom Frühstückstisch verschwunden, und zweitens ist dies hier eine Art Hotel, wo jeder Gast tun und lassen kann, was er möchte. Wir sind keine Reisegruppe, die gemeinsam bespaßt wird.«

»Ja, aber ... dies ist ein Singleurlaub, und Singles machen immer was zusammen.«

»Wie kommst du auf dieses schmale Brett?« Paula starrte ihn mit gerunzelter Stirn an.

»Du bist echt süß, wenn du böse guckst.« Wolfram zwinkerte sie an.

Paula glitt ein paar Schritte weg von ihm, an die Seite von Simone.

Er schien ihre Reaktion gar nicht verstanden zu haben, denn er forderte sie auf: »Lass uns doch ein Wettrennen machen, Paula.« Er zeigte ein Stück entlang des Sees bis zu einer großen Tanne. »Wer zuerst dort ist.«

Paulas Augen blitzten auf. »Okay.« Sie stellte sich abfahrbereit hin. »Simone, zählst du bitte von fünf runter?«

Erstaunlich flink stand Wolfram bei ihr. Bewegen konnte er sich auf dem Eis, keine Frage.

»Fünf – vier – drei – zwei – eins – los!«, rief Simone.

Die beiden starteten.

Wolfram stob dahin, während Paula nur die ersten Meter lief, um dann umzukehren. »Ich könnte genau jetzt ein heißes Getränk vertragen. Was haltet ihr davon, wenn wir zum Haus zurückgehen?«

10

Wortlos, aber sich amüsierend, glitten die vier an den Rand des Sees und wechselten ihre Schlittschuhe gegen die dicken Winterstiefel aus. Als sie abmarschbereit waren, schauten sie zurück auf den See. Wolfram war immer noch im Eifer des Gefechtes und spurtete wie ein Irrer Richtung selbstgestecktes Ziel über das Eis.

»Du bist eine böse Paula.« Gabriels Stimme triefte vor Ironie.

Simone kicherte los. »Ich habe mich schon gewundert, warum du mit ihm laufen willst, obwohl du ihn doch nicht wirklich magst.«

»Ich habe es mir halt anders überlegt. Der Wunsch nach einem heißen Getränk war eben übermächtig. Kann passieren ...« Paula zuckte grinsend mit den Schultern. »Los, auf ins gemütliche Haus!«

Ilvi bot ihnen bei ihrer Ankunft einen heißen Kakao an. »Der tut gut, wenn man draußen aktiv war. Mit echter Schokolade, ein altes Familienrezept.«

Die vier setzten sich erwartungsvoll an den einladenden Holztisch.

»Wo habt ihr diesen außergewöhnlichen Tisch eigentlich her?«, fragte Gabriel, als Ilvi aus der Küche mit einem Tablett, auf dem die Kakaotassen mit cremiger Sahnehaube standen, zu ihnen kam.

»Den hat Tuure selbst gezimmert. Er ist mit Liebe zugeschnitten, zusammengefügt, geschliffen und geölt worden.«

Tuure trat hinzu. »Das Ölen eines Tisches anstelle von Lasieren oder Lackieren ist uns sehr wichtig, es ist die natürlichste Art, das Holz zu schützen, und es betont die Maserung.«

»Man muss aber von Zeit zu Zeit nachölen, nicht wahr?«, erkundigte sich Falk.

»Genau. Ich liebe es«, gestand Tuure. »Es ist eine Arbeit, die richtig Freude macht, während man die Gedanken fliegen lassen kann.«

Die Männer unterhielten sich eine Weile fachspezifisch. In der Zwischenzeit erzählte Ilvi Simone und Paula von dem finnischen Weihnachtsmann, der in Lappland seinen Wohnsitz hat. »Die

Kinder schreiben ihm Briefe und hoffen natürlich auf Geschenke.«

»Unsere Kiddies schreiben und malen auch Wunschzettel, aber ans Christkind«, antwortete Simone. »Ich habe den, als ich noch daran glaubte, jedes Jahr besonders akribisch gemalt, weil ich hoffte, ich bekomme dann das, was ich mir wünsche.«

Paula nickte zustimmend. »Ich genauso. Und ganz witzig, ich habe gern Rentiere gemalt, mit leuchtend roter Nase. Und ich wollte immer mal eins in der Realität sehen.«

»Das wirst du noch. Es wird dich sogar durch die Landschaft ziehen.«

Ilvi trug die leeren Kakaotassen in die Küche und kehrte mit einer großen Porzellanschüssel, gefüllt mit Piroggen, zurück, die sie auf den Tisch stellte. »Und hier, das ist *Munavoi*, Eibutter. Die wird gern dazu gegessen.«

Alle griffen zu.

Die Tür öffnete sich und Wolfram erschien, außer Atem. »Da hast du mich aber ganz fies drangekriegt, Paula!« Neckisch schimpfte er mit erhobenem Zeigefinger. Er zog sein Winteroutfit aus und nahm den Platz neben Paula ein.

»Wolfram, Mensch, halt ein bisschen Abstand!«, bat sie.

Er rückte ein wenig von ihr ab. »Sorry, ich habe nur auf das Essen geguckt. Sportler haben eben

Hunger.«

Der schlägt zu wie einige dieser gefräßigen Larvenarten, dachte Paula und grummelte: »Fressraupe.«

»Was hast du gesagt?«, fragte Wolfram.

Paula winkte grinsend ab.

Während er aß, tat Hibbelhase noch kund, warum er Wolfram hieß. »Meine Eltern haben mich nach dem Edelmetall benannt. Wolfram ist hart wie Diamant, hitzebeständiger als Eisen und so schwer und teuer wie Gold.«

Paula konnte nicht anders, sie lachte los. »Das tut mir total leid für dich.«

Simone erhob sich. »Ich verziehe mich für eine Stunde aufs Zimmer.«

»Gute Idee.« Paula wollte sich anschließen.

»Ihr könnt auch gern unsere Sauna nutzen. Sie ist in dem Gebäude ein Stückchen neben unserem Haus.« Ilvi deutete mit dem Finger in die Richtung.

»Das Nebengebäude habe ich gesehen, als ich aus meinem Fenster schaute, nur bin ich kein Saunagänger«, bekannte Paula.

»Aber ich! Ich würde gerne saunieren.« Simone war begeistert.

»Ich auch«, stimmte Falk zu. »Hättest du was dagegen, wenn ich mitkommen würde?«

»Nein. Ist okay. Gabriel, was ist mit dir?«

Der winkte sofort ab. »Danke, nichts für mich.«

Wolfram wandte sich an Paula. »Wir zwei könnten doch etwas zusammen machen.«

Paula schnappte nach Luft. »Nein, du, ich muss ein bisschen Zeit für mich haben.«

Er schaute sehr enttäuscht. Was hatte der Kerl für eine schräge Wahrnehmung, fragte sich Paula. Erst erkannte er sie nicht wieder, nun startete er Flirtversuche. Er symbolisierte wirklich in allem den Mann, dem sie garantiert nie eine Chance geben würde, selbst wenn er der Letzte seiner Art wäre.

»Dann treffen wir uns doch zum Abendessen wieder, oder?«, fragte Gabriel und die anderen stimmten zu.

Paula verzog sich auf ihr Zimmer, in der Hand noch eine heiße Tasse Kakao mit Sahnehäubchen, die ihr Ilvi mitgegeben hatte. Ich werde wohl zunehmen, wenn das so weitergeht, befürchtete sie. Aber schnuppe, mich sieht sowieso keiner nackt.

Es war ein komisches Gefühl, dass es hier bereits sehr zeitig dunkel wurde. Die ersten Anzeichen waren schon da. Sie schaltete die kleine Leuchte ein. Warmes Licht ergoss sich in den Raum. Außerdem zündete sie die beiden dicken Kerzenstumpen an, die sich auf dem Sideboard befanden.

Genauso hatte sie sich die Zeit um Weihnachten herum gewünscht: Ein heimeliges Zimmer, sogar noch Kakao, auf dem das Sahnehäubchen langsam schmolz, und als Krönung ein paar Schneeflöckchen, die an ihrem Fenster vorbeischwebten. Es schien, als wollten sie zu ihr hereinschauen. Was für eine Winterstimmung!

Sie holte ihren e-Reader und kuschelte sich in den Ohrensessel. Bevor sie jedoch zu lesen begann, nahm sie ihre Tasse Kakao und genoss Schluck für Schluck. Herrlich, die geschmolzene Sahne und der schokoladige Geschmack. Erfreulicherweise schaute niemand zu, deshalb leckte sie die Tasse noch mit dem Finger aus. Mmh ...

Ihre Gedanken wanderten, leider auch zu ihrem Ex Sascha. Was tat er heute? Sie hatten die letzten drei Jahre gemeinsam den Weihnachtsbaum ausgesucht, in ihre Wohnung gebracht und geschmückt. Sie waren glücklich gewesen. Bis die andere in sein Leben gekommen war. Tja, was sollte man gegen die Liebe tun? Gut, dass sie nicht zusammengewohnt hatten, das wäre für sie ein noch größeres Gefühlsdesaster gewesen.

Ihr Großvater erschien vor ihrem geistigen Auge. Was hatte er immer gesagt? »Manchmal muss es so kommen, auch wenn man es nicht versteht. Das tut man vielleicht ein Jahr, zwei Jahre, zwanzig Jahre später. Und dann erkennt man, dass es gut so war.«

Es war gar nicht leicht, jemanden kennenzulernen. Und wieder Vertrauen haben, war eine weitere Sache. Was würde passieren, wenn Sascha heute anrief, um ihr zu sagen, dass alles nur ein

Irrtum gewesen sei, er sich getrennt hätte und ob sie es noch einmal mit ihm versuchen wolle? Die Vernunft flüsterte »Nein«, die Gefühle hielten ein bisschen dagegen. Wäre sie in der Lage, ein mehrmonatiges Intermezzo zu verzeihen oder saß der Gedanke, das Geschehen könnte sich wiederholen, zu tief?

Sie schüttelte sich. Warum denkst du darüber nach? Das würde de facto nicht passieren!

Paula versuchte, ihre Situation positiv zu sehen. Wäre sie noch mit Sascha zusammen, säße sie jetzt in ihrer Wohnung und hätte Ilvi und Tuure sowie Simone nie kennengelernt. Und Finnland ebenfalls nicht.

Ziemlich hochtrabend gedacht. Sie hatte Finnland ja erst angeschnuppert, war gerade den zweiten Tag hier.

Sie planten eine Schneeschuhwanderung und den Besuch eines traditionellen Weihnachtsmarktes. Außerdem bot Tuure jedem, der gern teilnehmen wollte, eine Wanderung mit anschließendem Essen beim neuen Förster an. Der würde auch am Weihnachtsabend bei ihnen sein, da er allein lebte.

Paula holte sich die Kuscheldecke von der Couch und ließ neben dem Kopf nur noch ihre Hand herausschauen, um den e-Reader zu bedienen.

Hach, Paula, das Leben ist aufregend und schön – genieße Finnland mit allen Sinnen.

11

Ganz ähnlich fühlte Simone. Finnland gefällt mir, hatte sie gedacht, als sie ihre Sachen für die Sauna zusammenpackte. Ich genieße die Tage hier, das trockene Bankleben hat mich schließlich schon bald wieder. Sie freute sich auf die überraschende Auszeit in der finnischen Sauna.

Es war auch kein komisches Gefühl, dass Falk mit ihr saunierte. Zu Hause in Scharbeutz besuchte sie regelmäßig eine Sauna. Sie nutzte es zur Reduzierung von Stress, zur Entspannung und darüber hinaus tat es der Haut gut. Sie war über vierzig, deshalb war die Devise Pflege plus.

Als sie ins Erdgeschoss kam, wartete Ilvi bereits auf sie, um ihr Saunatücher in die Hände zu drücken. In diesem Moment hörte sie Falks schnelle Schritte auf der Treppe. Auch er erhielt Handtücher, und warm eingepackt liefen sie durch den Schnee hinüber zur Sauna.

Sie duschten separat. Beide erschienen, Handtücher um die Körper geschlungen, im Saunabereich.

Simone lachte los und Falk fand: »Da sind wir uns wohl recht ähnlich. Darf ich die Aufgüsse machen oder möchtest du?«

»Nein, ich verlasse mich auf dich.«

Falk goss mit einer großen Kelle Wasser auf die heißen Steine. Es zischte verheißungsvoll und schon breitete sich Dampf aus.

Zuerst machten sie ein bisschen Smalltalk, anschließend wurde es persönlicher.

»Wo kommst du her?«, wollte Falk wissen.

»Eigentlich gebürtig aus Eutin, beruflich hat es mich nach Scharbeutz verschlagen. Mehr darf ich ja nicht sagen, sonst haben wir am Ende kein Rätselraten beziehungsweise es wäre unfair gegenüber den anderen.«

»Aber ich darf dich doch fragen, warum du Single bist?«

Simone holte tief Luft und erzählte ihm ihre Geschichte, versuchte dabei aber, Emotionen so weit wie möglich zu vermeiden. »Mittlerweile bin ich geschieden. Auf Weihnachten im gewohnten Umkreis hatte ich dieses Jahr einfach keinen Bock.

Durch Zufall habe ich die Online-Anzeige für diesen Urlaub gesehen und mich ohne große Überlegungen angemeldet.«

Falk hatte ähnlich betroffen zugehört wie Paula zuvor. »Und er hat dich verlassen, nur deswegen? Ich meine, eine Liebe umfasst doch mehr.«

»Gehofft hatte ich das auch. Aber es gibt eben die Liebe, die endlich ist, weil der Partner gewisse Voraussetzungen nicht erfüllt.«

Da der erste Saunagang zu Ende war, kühlten sie sich draußen im Schnee ab.

Beim zweiten Saunagang wollte Simone Näheres von Falk wissen. »Ich habe dir ganz offen von mir erzählt, wie ist es denn bei dir?«

»Ich kann das recht knapp umfassen. Zu jung geheiratet und nachfolgend festgestellt, dass man eine Portion Leben verpasst hat.«

»Oh ...«

»Nicht schlimm«, winkte Falk ab. »Wir waren uns einig und wir sind uns nicht böse. Meine Exfrau hat vor, ich glaube, es sind fünf Jahre her, wieder geheiratet. Ich bin bei meiner Suche noch nicht wieder fündig geworden.«

»Es ist auch nicht leicht, jemanden kennenzulernen.«

»Stimmt. Und wenn man es tut, hat man nach zwei Dates erkannt, dass es das doch nicht ist.«

»So ähnlich, ja.« Simone strich sich eine nasse Haarsträhne aus dem Gesicht.

»Machst du die angebotenen Ausflüge mit?«, wollte Falk wissen.

»Ja. Ich möchte alles erleben, was typisch finnisch ist.«

»Ich auch. Ich habe dich übrigens gern in meiner Nähe.«

Simone fuhr ein kleiner Glücksblitz durch den Körper. »Danke. Wir können gern gemeinsam angenehme Urlaubstage verbringen.« Sie pausierte kurz. »Du, ich glaube, ich habe genug. Einen dritten Saunagang möchte ich nicht, jedenfalls nicht heute.«

»Ich würde gern noch einen Durchlauf machen.«

»Okay, sehen wir uns beim Abendessen?«

»Klar. Bis später.«

Auf dem Weg zurück ins Haus begleiteten Simone Schneeflocken. Herrlich! Darauf folgte ein kleiner Dämpfer. Leider saß Wolfram im Wohnzimmer – allein. Er versuchte, ihr ein Gespräch aufzuzwingen, aber darauf hatte sie null Lust. Sie war in einer fast beschwingten Stimmung, es passte für sie nicht.

»Du, Wolfram, ich bin müde und lege mich noch ein bisschen hin.«

»Warum ist Paula denn in ihr Zimmer gegangen? Sie hätte doch gern bei mir bleiben können.«

»Ich glaube, das ist so ziemlich das Letzte, was sie möchte.«

Diesen Wink schien Wolfram aber nicht zu verstehen. »Ich finde Paula klasse. Ich zeige ihr schon noch, dass ich eine gute Partie bin, ich bin sozusagen ein Aktienkönig und ich ...«

»Das ist Paula vollkommen schnuppe. Glaub mir, dein Vermögen interessiert hier keinen. Warum eigentlich bist du nicht an die Winterhotspots unserer Welt gereist? St. Moritz, Zermatt, Aspen, Cortina d'Ampezzo, und was es noch so alles für Orte gibt, wo sich die High Society rumtreibt. Dort wärst du wohl *mit deinem Vermögen*«, diese drei Worte betonte Simone besonders, »am besten aufgehoben, sozusagen unter Deinesgleichen, das hast du hier doch nicht.«

»Ich wollte mal was Normales.« Er stand auf. »Dann gehe ich auch aufs Zimmer. Hier ist es total langweilig allein.«

»Tu das. Aber ein gut gemeinter Rat: Wenn du etwas Normales möchtest, musst du dich auch normal verhalten und nicht Exklusivität verlangen, wie zum Beispiel die Sache mit den Zimmern. Auch sind wir alle nicht reich. Also lass es nicht raushängen, sonst kommst du nie in den Genuss von Normalem, weil keiner etwas mit dir zu tun haben möchte. Gleich und gleich gesellt sich gern. Verstehst du?«

Wolfram nickte und schlurfte davon. Irgendwie tat er Simone leid. Sie sah ihm hinterher. Hängenden Kopfes verließ er den Wohnbereich. Er verhielt sich aber auch total unglücklich! Wolfram stand sich selbst im Weg.

Simone wanderte in die Küche. Ilvi hatte ihnen gezeigt, dass sie sich an Lebensmitteln und Getränken, die an einem bestimmten Ort in der Küche standen, bedienen durften. Sie nahm einen Schokoriegel und stieg langsam die Stufen hoch.

In ihrem Zimmer brühte sie sich einen Weihnachtstee auf, und mit der dampfenden Tasse und dem Schokoriegel tat sie das Gleiche wie Paula. Mitsamt Flauschdecke kuschelte sie sich in den Ohrensessel, nachdem sie das gemütliche Licht angeknipst und noch einen Blick nach draußen in die himmlische Schneelandschaft geworfen hatte.

Alles richtig gemacht, fand sie.

Sie hatte sich getraut, eine Singlereise zu buchen – und jetzt hatte sie sogar eine Art Seelenfreund in Falk mit den reizvollen dunklen Augen gefunden. Mit einem satten Zufriedenheitsgefühl biss sie in den Schokoriegel.

Heute Mittag, auf dem Weg zum See, hatte sie ihn beobachtet. Wie gut ihm die dunkelgraue Winterjacke stand. Klar, wattierte Jacken machten breiter, allerdings war er auch so durchtrainiert. Das wusste sie spätestens nach ihrem gemeinsamen Saunaerlebnis. Sie mochte seine Art, sich zu bewegen. Es symbolisierte ihr, er ging mit Energie durchs Leben – und das hatte ihre lockere Unterhaltung in der Sauna bestätigt.

Simone wurde bewusst, dass sie etwas für ihn fühlte, sonst hätte sie auf das Handtuch verzichtet. Aber seltsamerweise konnte sie sich nicht so frei geben wie in der Sauna in ihrem Heimatort.

Er habe sie gern um sich, hatte er ihr gesagt und sie dabei lächelnd angesehen. Die kleinen Lachfältchen um seine Augen hatten einen ganz besonderen Charme. Und er hatte angedeutet, er freue sich auf die gemeinsamen Tage hier in der einsamen Landschaft Finnlands.

Das alles ließ ihr Herz hüpfen. Doch schleichend kam auch eine leise Warnung aus einer Gefühlsecke gekrochen. Verliebe dich besser nicht, sonst schleppst du hinterher womöglich ein bittersüßes 14-Tage-Liebesgefühl mit nach Deutschland.

Durch das Klopfen an der Tür wurde Simone wach. Ach je, sie war eingeschlafen! Die halbe Tasse Tee stand kalt auf dem Tisch. Es klopfte erneut. Sie rappelte sich auf und tapste, noch immer ein bisschen schlaftrunken, zur Tür.

»Oh, habe ich dich geweckt? Entschuldige!« Paula sah sie erschrocken an.

»Alles gut, ich bin weggedöst. Komm rein.«

»Nein, werde erst mal richtig wach. Ich gehe schon nach unten, schauen, ob dort was los ist.«

»Okay, ich komme gleich nach.«

12

Ilvi war bereits in der Küche aktiv und Gabriel saß vor dem Kamin, auf seinem Handy tippend.

Paula gesellte sich zu ihm, und er legte das Handy an die Seite.

»Und? Was hast du in der Zwischenzeit gemacht?«, fragte Gabriel interessiert.

»Ich habe relaxt und gelesen, nebenbei immer wieder die Schneeflocken beobachtet und mich total wohlgefühlt.«

»Ich bin ein bisschen draußen gewesen und einmal noch zum See gegangen, mir hat die Stille gutgetan. Wirst du eigentlich alle angebotenen Ausflüge mitmachen, Paula?«

»Das habe ich vor. Und du?«

»Wenn du dabei bist, gern.«

Ilvi kam mit einem Tablett zu ihnen, auf dem eine Glaskanne sowie einige Gläser standen. »Probiert mal, das ist *Mehu*, selbstgemachter Heidelbeersaft.«

Paula und Gabriel griffen je ein Glas und kosteten.

»Der schmeckt großartig«, lobte Paula und nahm gleich einen weiteren Schluck. »Ich habe noch nie so einen aromatischen Heidelbeersaft getrunken.«

Gabriel stimmte ihr zu. Anerkennend hob er den Daumen.

Ilvi freute sich sichtlich, wechselte aber wieder in die Küche. »Heute Abend gibt es Kartoffelauflauf mit Schinken«, rief sie über die Schulter zurück.

»Es duftet schon köstlich!« Paula sog tief die Luft ein.

Gabriel kam erneut auf die Freizeitaktivitäten zu sprechen. »Tuure bietet uns morgen den Schneeschuhausflug an.«

»Darauf bin ich ganz gespannt!« Paula schlug freudig die Hände zusammen. »Ich habe darüber schon viel gelesen. Es muss wunderbar sein, durch die verschneite Landschaft zu laufen.«

»Dann werden wir morgen jede Menge Spaß haben.«

In diesem Augenblick gesellte sich Falk zu ihnen und setzte sich lässig auf die Lehne der Couch.

»Na, ihr zwei? Alles gut? Ist Simone noch nicht da?«

»Keine Panik, Falk«, ärgerte Paula ihn, »sie kommt gleich.«

»Bin schon da«, rief Simone von der Treppe aus.

Paula sah, dass Falks Augen an ihr klebten. Er hatte sich verliebt, das war für jeden sichtbar, der aufmerksam war. Simone sah aber auch fabelhaft aus. Sie trug ihr gewelltes, langes, blondes Haar das erste Mal offen, und es umschmeichelte sie wie ein Rauschgoldengel. Wenn das kein Erfolg eines Single-Urlaubs werden könnte! Es war spannend.

»Was habt ihr denn da Leckeres?« Simone sah auf die Kanne mit dem Heidelbeersaft.

»Musst du unbedingt kosten!« Paula füllte ein halbes Glas für Simone und reichte es ihr. »Wow, sehr aromatisch.«

»Darf ich mal probieren?«, fragte Falk und Simone drückte ihm ihr Glas in die Hand. Er fand den Saft gut, entschied sich aber für einen Glögi, den Ilvi ebenfalls anbot.

Die anderen blieben erst einmal bei der antialkoholischen Variante.

Während sie sich über die morgige Schneeschuhwanderung unterhielten, schlappte Wolfram gähnend heran.

»Ich will auch einen Glögi.« Er sah Ilvi an, die Falk soeben das heiße Getränk brachte.

»Falsch, Wolfram, wie heißt das Zauberwort?«,

wies ihn Falk zurecht.

»Wie? Zauberwort?« Er starrte ihn verständnislos an.

»Kleine Kinder sagen: ich will. Anständige Erwachsene bitten um etwas«, belehrte ihn Falk.

Jetzt hatte er es begriffen. »Ach so ..., ja, sorry, ich hätte gern auch einen Glögi.«

»Und?«, setzte Falk noch hinzu.

»Bitte«, ergänzte Wolfram ganz beflissen.

Zu Paulas Leidwesen pflanzte er sich neben sie. Wieder zu nah, wie Paula fand, sie rückte ein wenig von ihm ab.

Wolfram startete einige ungeschickte Flirtversuche, sie ließ ihn jedoch gnadenlos abblitzen. Nur kapierte er es nicht. Jedenfalls sorgte er damit für allgemeine Erheiterung, die Stimmung war gut und Paula fand es auch lustig.

Und sie erkannte, dass ihm das Lachen in der Runde guttat. Also nahm sie sich Plan B vor: einfach nett zu ihm zu sein.

Als Tuure die Gäste zu Tisch rief, nahmen Falk und Gabriel Paula in die Mitte, sehr zu Wolframs Erstaunen. »Hey! Da habe *ich* gestern aber gesessen.«

Doch niemand kümmerte sich um seinen Einwand und er gab sich mit seinem Platz neben Falk zufrieden, der ihm freundschaftlich auf die Schulter schlug.

Nach dem Abendessen versammelte man sich vor

dem knisternden Kamin. Es gab viel zu lachen und Wolfram störte nicht. Er hatte seine angenehme Phase, er hielt den Mund.

Gegen Mitternacht zogen sich alle in ihr Zimmer zurück.

Paula schaute noch einmal interessiert aus dem Fenster. Wieder glitzerte der Schnee im Licht des beleuchteten Weihnachtsbaumes – und plötzlich sah sie einen grünlichen Schimmer am Himmel. Die Nordlichter? Hastig schaltete sie ihr Zimmerlicht aus. Ohne Zweifel! Sie stürmte aufgeregt aus ihrem Zimmer und klopfte hektisch bei Simone an, die ihr irritiert öffnete. »Die Nordlichter, Simone!«

»Echt? Komm rein.«

Paula schlüpfte ins Zimmer. »Mach das Licht aus!«

Gemeinsam schauten sie aus der Dachgaube und bestaunten dieses unglaubliche Naturwunder. Der grüne Schimmer verwandelte sich in sanften Wellen zu einem Leuchten, in das sich violette Streifen mischten. Wie wundervoll der Kontrast zu dem dunkelblauen Himmel wirkte! Dazwischen funkelten tausende Sterne.

»Ob die Jungs das unten auch sehen?«, fragte sich Simone laut. »Die können unmöglich schon schlafen.«

»Keine Ahnung.«

»Ich flitze eben runter.«

»Bloß nicht! Sonst kommt Wolfram womöglich

auch.«

»Keine Sorge, ihm sage ich nicht Bescheid. Ich kenne die Zimmer von Falk und Gabriel. Bis gleich.« Schon war Simone entschwunden.

Paula verfolgte währenddessen das Spektakel mit großen Augen und filmte nebenher mit dem Handy.

Da kam Simone zurückgestürmt. »Komm mit! Wir gehen mit Falk und Gabriel raus und schauen uns die Lichter unter freiem Himmel an.«

Ganz leise schlichen sie die Stufen hinunter. Eine Etage tiefer warteten bereits Falk und Gabriel, und auch auf den Treppen ins Erdgeschoss bemühten sich alle, möglichst wenig Geräusche zu machen.

In dem kleinen Garderobenbereich schlüpften sie eilig in ihre dicken Schuhe und warmen Jacken, schlangen sich die Schals um den Hals und setzten die Mützen auf. Falk öffnete die Haustür und die vier traten in die Kälte hinaus. Sie liefen ein paar Schritte vom Haus weg in Richtung der Tannen. Dort schauten sie in den Himmel.

»Was für ein faszinierendes Naturphänomen!«, staunte Gabriel.

Zu den schon vorhandenen grünen und violetten Lichtern gesellten sich noch rötliche Farbtöne, teils wirbelten sie umeinander, teils bewegten sie sich in sanften Wellen, wurden heller und dunkler, kleiner und größer – sie schienen zu tanzen nach einer von Menschen nicht wahrnehmbaren Himmelsmelodie.

Keiner von ihnen spürte die eisige Kälte, die sie umgab, sie bestaunten fast atemlos dieses großartige Lichterspektakel.

Während Simone mit großen Augen in den Himmel schaute, legte ihr Falk sanft den Arm um die Schulter.

Gabriel gesellte sich zu Paula. »Das ist einzigartig, nicht?«

»Die Nordlichter zu erleben, das habe ich mir so gewünscht«, flüsterte Paula ergriffen. Nach einer ganzen Weile äußerte Gabriel, ihr liebevoll über eine Wange streichend: »Ich glaube, wir sollten ins Haus zurückkehren, deine Wangen sind knallrot von der Kälte.« Er tippte seinem Freund Falk auf die Schulter. »Paula friert gerade fest. Wir gehen wieder rein.«

»Wir kommen mit«, entschied Simone, wurde sich aber in diesem Augenblick bewusst, dass sie einfach für Falk mitentschieden hatte. »Ich jedenfalls.«

»Ich natürlich auch«, pflichtete ihr Falk bei. Er ließ Simone nicht los, sondern wanderte mit ihr, wie selbstverständlich den Arm weiterhin um ihre Schulter gelegt, Richtung Haus.

13

Kaum hatten sie sich aus ihrer Kleidung geschält, machte Gabriel einen Vorschlag. »Von Tuure habe ich eine Flasche finnischen Kräuterschnaps gekauft. Wollen wir uns ein Glas gönnen zum Warmwerden?«

»Gute Idee!«, fand Simone, und deshalb stimmte auch Paula zu.

Aus der Küche stibitzten sie vier Schnapsgläser und schlichen wieder die Stufen hoch – in Gabriels Zimmer.

Die erste Runde kippten sie runter. Simone schüttelte sich. »Hua! Eigentlich trinke ich gar keinen Schnaps. Aber Donnerwetter, der wärmt sofort.«

»Das ist der Sinn«, fand Gabriel und sorgte noch einmal für volle Gläser.

»Ich hatte gedacht, unser Mr. Aktie kümmert sich morgen um die Geschäfte, aber nein, er will mit zur Schneeschuhwanderung.« Paula zog die Nase kraus.

Falk sah es locker. »Wir passen uns schlichtweg der Situation an. Er ist doch ganz harmlos, halt nur ein Hibbelhase, wie du es so schön ausgedrückt hast. Los, darauf trinken wir noch einen.«

Aber Paula und Simone lehnten ab.

»Zwei waren schon einer zu viel für mich«, gestand Simone und Paula stimmte schnell zu.

Ein wenig später traten beide ihren Weg ins Dachgeschoss an.

Am folgenden Morgen wiederholte sich das Bild vom Vortag. Wolfram kam zu spät zum Frühstück und war entsetzt, dass die Runde aufbrechen wollte.

»Aber ich bin noch gar nicht fertig!«, protestierte er.

»Kau schneller«, gab ihm Paula den gutgemeinten Rat und knuffte ihn auf den Oberarm. Insgeheim dachte sie, war gar nicht so schwer, nett zu sein.

»Wir hatten eine Zeit vereinbart«, antwortete Tuure ihm. Und er fasste das Programm der Wanderung nochmals zusammen. »Heute sind wir nur ungefähr drei Stunden unterwegs. Das reicht für den Anfang. Ich sehe zwar, ihr seid alle sportlich, aber Muskelkater werdet ihr vielleicht trotzdem bekommen. Nach der Hälfte pausieren wir, bevor wir den Heimweg antreten.«

»Ich habe irgendwann im Fernsehen eine Dokumentation verfolgt«, erzählte Falk. »Die Schneeschuhwanderungen umfassten mehrere Tagestouren, das Gepäck wurde mit Motorschlitten transportiert.«

»Das ist eine Art Abenteuerurlaub. Jeden Abend woanders. Dafür sollte man schon eine gute Kondition mitbringen. Das kann man nicht mal eben als Unsportlicher buchen, sonst erlebt man sein blaues Wunder. Ich habe einen kleinen Rucksack für unsere Rast mit, ihr benötigt nichts weiter.«

Wenig später waren alle mit Schneeschuhen versorgt.

»Bereit?« Tuure sah in die Runde. »Dann setzt die Sonnenbrillen auf. Das ist wichtig, weil Schnee das Sonnenlicht reflektiert und zu Schneeblindheit führen kann. Nehmt die Stöcke, das erleichtert das Laufen ein bisschen. Wir haben Pulverschnee, das ist der beste, es läuft sich einfacher als auf feuchtem Schnee. Es geht los, immer mir nach.«

Die ersten paar hundert Meter musste sich Paula einfühlen, aber danach ging es fast von selbst.

Sie lief mühelos über den Schnee und genoss den Blick in die verschneite Winterlandschaft.

Tuure hielt zwischendurch des Öfteren an, um ihnen etwas über die Natur zu erzählen oder einen kleinen Scherz anzuhängen. »Und glaubt mir, hier trefft ihr eher Rentiere als Menschen.«

Bei jedem Halt tapste Wolfram an die Seite von Paula. Das nervte sie ein bisschen, aber weil er sich ruhig verhielt, akzeptierte sie es. Bei einem Stopp machte Tuure sie auf zwei Rentiere aufmerksam, die über eine Lichtung zogen.

Durch die kleinen Pausen fiel die Anstrengung gar nicht so auf. Und mittlerweile hatte Wolfram auch wenig Chancen, neben ihr zu stehen. Auf einer Seite stand grundsätzlich Simone, und Gabriel hielt sich ebenfalls nah bei ihr auf.

Zu ihrem Erstaunen kam eine Hütte in Sicht, die sie ansteuerten.

»Jetzt versteht ihr, warum ich nicht viel Gepäck mitgeschleppt habe. Alles, was wir für eine Rast benötigen, ist hier«, erklärte Tuure. »Ich habe es gestern hergefahren.«

Während der kurzen Pausen hatten sie die Schneeschuhe anbehalten, nun bat Tuure seine Gäste, sie erst einmal an die Seite zu stellen. »Wir werden ungefähr eine Stunde hierbleiben, deshalb lohnt es sich.«

Zu ihrer Freude entzündete Tuure ein Feuer in einem schon vorhandenen Steinkreis. Falk und Gabriel halfen Tuure, Lebensmittel aus dem Blockhaus zu holen und Kaffee zu kochen. Die

Mädels hatten das Privileg, an der Feuerstelle warten zu können. Wolfram entschied sich, bei Paula und Simone zu bleiben.

»Wolfram, was hältst du davon, wenn du den Männern hilfst?« Paula deutete auf die offene Tür des Holzhauses.

»Die können das allein. Ich wollte eigentlich mit dir sprechen.«

»Warum?«

»Nun, du hast doch sicherlich Geld über, das du in Aktien investieren könntest. Ich will dir hilfreich zur Seite stehen.«

Paula sah Simone an, die ungläubig den Kopf schüttelte.

»Ich werde in meinem Urlaub garantiert nicht über Aktien sprechen. Und woher willst du wissen, dass ich kein Aktiendepot habe?«

»Äh ...«

»Siehst du.«

»Wooolfraaam«, rief Tuure, aus der Hütte schauend. »Du kannst uns helfen.«

»O ja, ich komme!« Beflissen stapfte Wolfram nun los.

»Er hat sich halt in dich verguckt«, stellte Simone pragmatisch fest.

Paula stemmte die Hände in die Hüften. »Der hat doch hochgradig einen an der Waffel!«

»Lass ihn doch. Der weiß ja nicht, dass wir beide bei einer Bank arbeiten und mit unserem Geld umgehen können. Hast du eigentlich ein Aktiendepot?«

»Na logo! Wir haben einen Experten bei uns, der mich immer berät. Ich habe nämlich keine große Lust, tiefer in das Thema einzutauchen.«

»Wieder eine Gemeinsamkeit«, stellte Simone fest. »Allerdings ist es bei mir kein Experte, sondern eine Expertin. Und die ist echt pfiffig drauf.«

Gabriel kehrte mit einer Kanne und Bechern zurück. »Kaffee, die Ladys?«

»Total gern.« Paula nahm ihm die Becher ab und stellte sie auf den Baumstamm hinter sich. »Simone, du auch?«

»Unbedingt.«

Gabriel goss schon einmal drei Becher voll und reichte zwei weiter. In diesem Augenblick kamen Tuure, Falk und Wolfram heran. Sie bekamen ebenfalls Kaffee eingeschenkt.

Paula gefiel das Zusammensein am Feuer. Sie grillten Würstchen, aßen Roggenbrot mit Käse und knabberten Nüsse.

Plötzlich zeigte Gabriel an den Waldrand. »Schaut mal, dort! Ein Rotfuchs.«

Zu gern hätte Paula ihn fotografiert, aber als sie das Handy aus ihrem Winteroutfit herausgefummelt hatte, war das schöne Tier bereits verschwunden.

Tuure berichtete von seiner Zeit als Förster, und alle hörten ihm gebannt zu. »Im Winter halten wir

Förster die Wege so gut wie möglich frei und wir schauen nach kranken Bäumen. Die zu schlagen ist in den Wintermonaten einfacher, weil die großen Maschinen auf gefrorenem Boden nicht einsacken.«

»Und wie lange hast du schon einen Nachfolger?«, wollte Simone wissen.

»Seit drei Jahren. Ein paar Monate hat er gemeinsam mit mir gearbeitet, danach hat er übernommen. Wir werden ihn ja in Kürze treffen. Was ich noch sagen wollte: Morgen werde ich unseren Weihnachtsbaum schlagen. Wollt ihr mich begleiten, Falk, Gabriel und Wolfram?«

Falk und Gabriel stimmten sofort zu, während Wolfram sich zu Paula drehte. »Gehst du mit?«

»Du, das soll ein Männerjob sein, hast du doch gerade gehört – du bist doch einer.« Paula konnte sich ein Grinsen nicht verkneifen.

»Wir drei schaffen das auch allein, wir wissen ja, dass du schnell frierst, Wolfram«, bekräftigte Falk und somit war das Thema erledigt.

Tuure löschte das Feuer und zur Abwechslung sorgten Simone und Paula für Ordnung in dem kleinen Blockhaus, bevor sie wieder Richtung Heimat aufbrachen.

Diesen Weg fand Paula fast noch schöner als den Hinweg. Sie hatte den Bogen raus und lief voller Freude über den lockeren Pulverschnee. Schneeschuhe waren schon etwas Tolles.

Allerdings pausierten sie weniger, denn das Wetter schlug um. Die Sonne, die den Schnee zuvor zum Glitzern gebracht hatte, versteckte sich nun hinter dicken Wolken, und eine unangenehme Kälte breitete sich aus, die in die Knochen kroch.

»Es gibt Neuschnee«, informierte sie Tuure. »Machen wir uns zügig auf den Heimweg.«

Zum Schluss überquerten sie sogar noch den See, auf dem sie Schlittschuh gelaufen waren. Sie erreichten in dem Moment das Haus, als der Himmel seine Schneefracht aus den voluminösen grauen Wolken entließ.

Gerade hatten sie sich die dicken Jacken ausgezogen, als Wolfram schon wieder mit seinem Lieblingsthema Aktien anfing.

Paula seufzte. »Du bist doch immer auf der Suche nach einem Wahnsinnsgeschäft, nicht?«

»Ja, klar!« Er freute sich sichtlich, dass Paula sich ihm widmete.

Zuckersüß lächelte sie. »Wenn du etwas ganz Besonderes sein willst, Wolfram, züchte einfach Einhörner. Damit ist dir der Mega-Erfolg sicher.«

14

Den Nachmittag verbrachten sie alle unterschiedlich. Erst zum Abendessen wollte man sich wiedertreffen.

Falk und Simone hatten noch Lust, einen kurzen Schneespaziergang zu unternehmen.

Gabriel verzog sich in sein Zimmer und Wolfram verschwand auch. Er würde sich noch einmal den Jahresend-Geschäften widmen, so hatte er sich ausgedrückt.

Ilvi und Tuure entschlossen sich zu einem Saunagang.

Paula war froh, dass sie am behaglich warmen Kamin sitzen konnte. Auf jede Art von Bewegung hatte sie keinerlei Lust. Sie hatte ihren e-Reader mitgenommen und freute sich über das Knistern und den erdigen Duft des Holzes. Genauso hatte sie sich ihren Urlaub in Finnland vorgestellt. Ein Kamin war wirklich etwas Großartiges. Gemütlichkeit pur.

Ilvi hatte ihr noch einen Glögi zubereitet und weiteren auf einer Platte in der Küche warmgestellt.

Der Krimi, den Paula las, spielte ebenfalls im Winter. Sie hatte daher im blütenweißen Schnee die roten Blutstropfen gut vor Augen, sodass sie Gabriel gar nicht bemerkte und heftig zusammenzuckte, als er sie ansprach.

»O Mensch, was hast du mich erschreckt!« Sie legte eine Hand auf ihr Herz.

»Das tut mir leid, ich bin aber gar nicht leise die Treppen hinuntergekommen. Sie haben ordentlich geknarzt.«

»Das muss der spannende Krimi sein. Die blutroten Tropfen im glitzernden Schnee ..., ich war gerade mittendrin.«

»Ach so, dann will ich dich nicht weiter stören.«

»Tust du nicht. Setz dich doch.«

Gabriel ließ sich auf das Polster sinken.

Paula legte ihren e-Reader an die Seite. »Willst du auch einen Glögi? Ilvi hat noch Nachschub für uns.«

»Ja, gerne.« Er holte tief Luft.

»Ich hole dir einen.« Paula erhob sich, eilte in die

Küche und kehrte mit einer vollen Tasse zurück. »Bitte.«

»Danke, wie lieb von dir.«

»Hey, was ist los? Du wirkst niedergeschlagen.« Paula betrachtete ihn prüfend.

»Ach, nichts.«

»Irgendwas ist doch, das merke ich dir an. Allerdings musst du es mir auch nicht sagen.«

»Ich kann es dir erzählen. Du, ich habe mich verliebt.«

Paula stutzte. »Aber das ist doch schön.«

»Ich weiß nur nicht, ob sie mich will.«

»Hey, Gabriel, du bist sonst auch nicht so schüchtern! Mach Andeutungen, und schau, wie sie reagiert oder sprich offen mit ihr.«

»Kann ich ganz offen zu *dir* sein?« Er sah in den Flur, ob niemand nahte und nahm verlegen einen Schluck Glögi. »Oha, heiß!«

»Der dampft doch, das hättest du ahnen können.« Paula konnte sich ein Grinsen nicht verkneifen. »Schieß einfach los!«

»Dann sage ich dir jetzt ...«

In diesem Moment kam Wolfram die Treppen hinuntergestolpert. Freudig kam er auf sie zu und ließ sich auf die Couch plumpsen. »Was macht ihr so? Ich sehe, Glögi trinken.«

Gabriel unterbreitete ihm einen Vorschlag. »Hol dir einen aus der Küche und nimm ihn mit auf dein Zimmer. Wir haben hier eine Zweierkonferenz.«

»Du willst nur mit Paula flirten!«, brach es aus Wolfram heraus.

»Und wenn schon. Was dagegen?« Gabriel amüsierte sich bereits.

»Tja, hm ...«

»Bitte lass uns allein, wir haben ctwas zu besprechen.«

»Wenn ihr das öffentlich im Wohnzimmer tut, kann ich doch hier sitzen bleiben.« Er sagte das aber so unbedarft, dass man ihm unmöglich böse sein konnte.

Gabriel erhob sich und zog Paula von der Couch hoch. »Komm, wir gehen. Mein Zimmer bietet uns die Privatsphäre, die wir brauchen. Bis später, Wolfram.«

An der Hand zog Gabriel Paula mit sich. Schon auf der Treppe, warf sie noch einen Blick zurück. Wolfram sah traurig aus, fast wie ein alleingelassenes Kind.

Gabriel öffnete seine Zimmertür und ließ Paula zuerst eintreten. »Nimm Platz und danke, dass du mir zuhören willst.«

»Ist doch selbstverständlich.« Das meinte Paula ehrlich, denn Gabriel war eher der ruhigere Typ – und diese Art Männer mochte sie.

»Ich habe noch von dem Kräuterschnaps. Kann ich dir einen anbieten?«

»Danke, das ist lieb, aber nein, ich hatte unten

den Glögi. Das reicht mir an Alkohol.«

»Ich habe meine Tasse gar nicht ausgetrunken. Leider kam Mr. Universum dazwischen.«

Paula seufzte auf. »Ich wünschte, ich könnte den Kerl auch mit mehr Humor nehmen, aber er reizt mich grundsätzlich.«

»Dabei ist er doch in dich verliebt. Er schaut dich ständig an und kämpft um jeden Zentimeter Nähe zu dir.«

»Hör auf, sonst breche ich dir den Glögi auf den Teppich. Außerdem will der mir weiter nichts als ein Aktienpaket andrehen.«

Gabriel fand das witzig. »Nicht nur Mr. Universum, auch Mr. Wall Street! Da haben Normalos nicht den Hauch einer Chance.«

»Nicht bei oberflächlichen Frauen, bei geerdeten schon.«

»Ich habe den übrigens gegoogelt. Der ist in der Tat ein Aktienexperte.«

»Echt? Ich habe geglaubt, er ist nur ein Angeber.« Paula staunte nicht schlecht.

»Es gibt jedoch ein Aber. In seinen Kreisen attestiert man ihm Unhöflichkeit, Rücksichtslosigkeit und fehlende Empathie.«

»Das unterschreibe ich!«

»Hast du denn Ahnung von Aktien?«, fragte Gabriel.

Paula hielt sich bedeckt. »Wenig. Ich würde in dieser Hinsicht ausschließlich einem Experten vertrauen – allerdings einem, den ich mir selbst ausgesucht habe.« Sie wechselte das Thema. »Du wolltest mir doch erzählen, dass du dich verliebt hast.«

Gabriel sah ihr tief in die Augen. »Ja.«

15

»Aber das ist doch schön.« Mehr wusste Paula auf Gabriels Geständnis nicht zu sagen.

»Sie weiß es nicht.«

»Erzähl.«

»Sie ist meine Arbeitskollegin. Meinen Beruf verraten darf ich ja noch nicht.«

»Nein, das wäre unfair den anderen gegenüber. Aber gib mir bitte weitere Infos.«

»Sie heißt Annalena, ist siebenundzwanzig und total sexy. Und weißt du, was ich an ihr so mag? Sie ist zu jedem nett und eher der natürliche Typ, wie du, halt überhaupt nicht aufgetakelt. Ich hatte mir endlich ein Herz gefasst und wollte sie einladen, als ich mitkriegte, dass sie abends bereits verabredet war.«

»Und? Mit einem Mann oder einer Freundin?«

»Ich weiß es eben nicht. Und daraufhin habe ich mich nicht mehr getraut.«

Paula verdrehte die Augen. »Es gibt ein altes Sprichwort. Wer nicht wagt, der nicht gewinnt.«

Gabriel seufzte auf und Paula setzte nach: »Bist du mit ihr vernetzt?«

»Ja klar. Sie war am anderen Tag bereits in Weihnachtsurlaub, deshalb haben wir uns auf diese Weise noch schöne Feiertage gewünscht.«

»Weiß sie, dass du in Finnland bist?«

»Ich habe mich nicht explizit mit ihr darüber unterhalten, aber es war mittags Thema mit den Kollegen, sie war dabei.«

»Also, wenn du meinen Rat hören willst: Schick ihr doch ein paar stimmungsvolle Finnlandfotos. Darauf reagiert sie oder auch nicht.«

»Meinst du?« In Gabriels Augen glomm Hoffnung auf.

»Logo!«

Gabriel zog sein Handy hervor und setzte sich neben Paula. »Ich habe einige echt tolle Fotos gemacht. Schau mal, das ist hier aus dem Fenster raus fotografiert.«

Paula betrachtete das Bild. »Hey, die beleuchtete Weihnachtstanne, und auf dem Baum daneben sitzt eine Eule! Wow!«

»Krass, oder? Zuerst habe ich ein Bild durch die

Scheibe geschossen, damit ich sie überhaupt drauf hatte. Danach habe ich ganz vorsichtig das Fenster geöffnet. Sie ist sitzengeblieben und ich konnte sie besser fotografieren.«

»Schick Annalena das Foto und warte, was passiert.«

»Was soll ich denn dazuschreiben?«

»Gabriel!« Paula stemmte die Hände in die Hüften. »So unbedarft kannst du nicht sein! Was Nettes halt.«

Er tippte los und hielt ihr das Handy hin. »So vielleicht?«

Hallo Annalena,
hier eine Impression aus Finnland – aus meinem Zimmer heraus fotografiert.
Gabriel

»Es ist eine Mitteilung, bei der du dir nichts vergibst, jag sie raus!«

Gabriel drückte den Senden-Button.

»Siehst du, geht doch«, ermunterte ihn Paula. »Und jetzt sage ich gute Nacht und begebe mich wieder nach oben.«

»Hab vielen Dank für die moralische Unterstützung.« Gabriel erhob sich zeitgleich mit Paula, als sein Handy piepste.

»Ich fasse es nicht! Sie hat sofort zurückgeschrieben.« Gabriel lächelte das Handy an und hielt es Paula hin, die die Zimmertür bereits erreicht hatte.

Lieber Gabriel,
da freue ich mich aber, von dir zu hören. Und was für ein Foto! Mit Eule – ich liebe Eulen. Ein ganz klein bisschen beneide ich dich.
Adventliche Grüße, Annalena

»Na, wenn das keine tolle Nachricht ist! Das schreibt man niemandem, der einem egal ist. Also, direkt antworten.«

»Mach ich.«

Während sich Paula und Gabriel in sein Zimmer zurückgezogen hatten, erlebte Simone ihr so herbeigesehntes persönliches Winterweihnachtswunder.

Hand in Hand schlenderte sie mit Falk durch den kleinen Tannenwald.

Sie hörten das leise Knirschen ihrer eigenen Schritte im Schnee und erreichten den zugefrorenen See. Die Sterne funkelten, die Schneefläche glitzerte im Mondlicht. Es schien, als ob der Halbmond wohlwollend über allem wachte.

»Wow, was für ein magisches Bild!« Simone konnte sich gar nicht sattsehen.

Sanft legte Falk den Arm um ihre Schulter und wortlos sahen beide eine Weile in den unendlichen

Sternenhimmel, bis Simone fragte: »Warum eigentlich hast du einen Rucksack mit?«

Falk antwortete nicht, nahm ihn ab und holte eine Thermoskanne heraus. Dann fischte er nach zwei Bechern, die er ihr in die Hände drückte.

»Was wäre so eine Nacht ohne einen Glögi? Wir machen jetzt nicht nur Atemwölkchen, sondern auch kleine Glögi-Dampfwolken.«

Simone beobachtete ihn, während er die duftende, dunkelrot-violett schimmernde Flüssigkeit einschenkte. Ihr Herz flatterte wild. Wahnsinn, ich habe mich verliebt, stellte sie fest. Im finnischen Winter, unter einem sternenklaren Nachthimmel, stand sie an einem zugefrorenen See, dessen Schneeschicht das Mondlicht reflektierte – und an ihrer Seite ein attraktiver Mann. Was für ein zauberhafter Winterurlaub!

Noch bevor sie einen Schluck tranken, beugte sich Falk zu ihr und küsste sie sanft. Simone wurde schwindelig vor Glück.

»Ich möchte dir etwas sagen, Simone«, raunte Falk ihr ins Ohr. »Ich habe mich total in dich verliebt. Du wärst mein schönstes Weihnachtsgeschenk, wenn du meine Gefühle erwidern würdest.«

Sie spürte seine Anspannung, schaute ihm tief in die Augen, während sie liebevoll über seine Wange strich. »Mir geht es genauso. Da muss ich bis nach Finnland fahren, um dich zu finden, dabei wohnen wir in Deutschland lediglich eine halbe Stunde voneinander entfernt. Verrückt.«

»Das ist es. Aber es ist auch wunderbar. Wir können in Zukunft beieinander sein, wann immer wir das wollen.«

Simone schmiegte sich an ihn. Und als ob der Himmel ihnen ein Zeichen geben wollte, erschien zuerst ein ganz sanfter, grüner Schimmer, der sich intensivierte und über den Nachthimmel ausbreitete. Ein helles Violett gesellte sich dazu und es schien, als tanzten die beiden Farben verliebt zusammen.

»Ich wusste gar nicht, wie atemberaubend die Nordlichter live sind«, fand Simone.

Falk küsste ihren Haaransatz. »Ich setze noch einen drauf. Sie mit dir zu sehen, ist doppelt so schön.«

Simone schloss die Augen. »Ich glaube, der Duft und der Geschmack von Glögi wird für mich unauslöschlich mit dir verbunden sein.«

Falk zog sie näher an sich. Gemeinsam beobachteten sie eine Weile die tanzenden, farbigen Nordlichter, um danach Arm in Arm zurückzuschlendern.

Vor dem Haus küsste Falk Simone noch einmal innig. »Drinnen müssen wir uns schließlich benehmen.«

Im Wohnzimmer saß nur Wolfram mit seinem Tablet, sonst war niemand zu sehen. Unausgesprochen waren sie sich einig. Wortlos stiegen sie die Stufen hinauf.

Paula hatte Gabriels Zimmertür bereits geöffnet, als er sie in den Arm nahm und ihr einen Kuss auf die Wange hauchte. »Danke!«

Genau in diesem Augenblick kamen Falk und Simone die Treppe herauf und sahen die beiden in der Umarmung.

»Hey, hey, hey! Uns ist wohl etwas entgangen in den letzten Tagen«, rief Falk amüsiert und Simone blickte irritiert von einem zum anderen.

»Es ist nicht so, wie es aussieht«, wehrte Paula sofort ab.

»Da hat Paula recht«, stimmte ihr Gabriel zu.

»Das sagen sie alle«, haute Falk genüsslich raus.

»Ich wollte gerade los. Gute Nacht, Gabriel. Gute Nacht, ihr beiden.« Paula stapfte hocherhobenen Hauptes die Stufen rauf ins Dachgeschoss.

Gabriel wünschte ebenfalls eine angenehme Nachtruhe und schloss die Tür.

»Somit bleibt uns noch Zeit für einen langen Kuss«, flüsterte Simone.

Danach huschte auch sie die Treppen hoch. Und sie konnte gar nicht anders, als vor Neugier platzend bei Paula anzuklopfen.

16

»Ich bin's, Paula, Simone.«

Paula zog die Tür weit auf und ließ ihre Freundin eintreten. Die sprudelte auch sofort los. »Ich muss dir was erzählen. Falk und ich, wir beide, wir haben uns verliebt. Ist das zu fassen?« Sie schlug sich die Hand an die Stirn.

»Das freut mich total für euch.« Paula meinte das ernst. »Ihr zwei passt gut zueinander.«

»Echt? Dein Urteil bedeutet mir viel. Ich finde, du und Gabriel, das harmoniert auch. Als ich euch gerade zusammen sah, fand ich das richtig gut. Du, wir beide, hier in Finnland – und verliebt. Das ist so krass!«

»Moment, Moment, Simone, Gabriel und ich

sind nicht verliebt, jedenfalls nicht ich, aber er schon und ...«

»Oha, der Arme, wie hat er das denn aufgenommen?«

»Setz dich bitte einen Augenblick. Ich erkläre dir alles.«

Als Paula geendet hatte, schüttelte Simone den Kopf. »Da kann man mal sehen, wie sehr man eine angeblich offensichtliche Situation missverstehen kann. Hoffentlich hat Gabriel Glück.«

»Es scheint so. Als ich gehen wollte, kam schon eine positive Antwort. Er hat sie mir gezeigt.«

»Jetzt geht es mir saugut und du ...« Simone brachte den Satz nicht zu Ende.

»Mach dir doch bitte keine Gedanken wegen mir! Ich fühle mich pudelwohl hier, es gibt sehr viel Schnee, den ich mir gewünscht habe, und die Nordlichter habe ich auch live erlebt. Ilvi und Tuure sind liebenswerte Gastgeber, die Jungs sind mir sympathisch – na ja, mit Ausnahme von Wolfram, der mir trotzdem irgendwo leidtut, weil er auf eine besonders hilflose Art Selbstsabotage betreibt.«

Simone überlegte. »Wie kann man ihm helfen? Ich glaube, wir können ihm nur zuhören und Verständnis haben.«

Paula pustete die Luft aus. »Du meinst also, Geduld aufbringen. Das ist für einen Menschen wie mich schwer.«

»Das wäre doch eine echte Weihnachtsaufgabe für dich.« Simone schlug Paula lachend auf die Schulter.

Am folgenden Morgen saßen alle beim Frühstück – wieder mit Ausnahme von Wolfram.

Die Männer brachen kurz danach zur Mission Weihnachtsbaum auf. Paula und Simone blieben sitzen und unterhielten sich mit Ilvi. Es war urgemütlich. Der Kamin bullerte bereits, und Ilvi hatte sogar Kerzen zum Frühstück angezündet. Der Blick aus den Fenstern zeigte die bezaubernde verschneite Winterlandschaft.

»Es ist einfach wunderbar hier«, brach es aus Paula heraus.

»Das freut mich.« Ilvi strahlte. »Wenn ihr zwei gleich zum Schlittschuhlaufen unterwegs seid, werde ich die Christbaumdekoration bereitstellen. Normalerweise dekorieren wir Finnen den Baum am Tag vor Heiligabend, aber wir machen das heute schon, damit wir länger etwas davon haben. Bisher war jedes Jahr unsere Tochter Marja mit ihrem Mann hier. Es ist komisch, Weihnachten ohne die beiden. Ja, es ist ein bisschen traurig, aber ich habe gestern mit ihr telefoniert, von euch erzählt und gesagt, dass ich mich freue, Weihnachten mit netten Menschen verbringen zu können.«

»Das ist lieb von dir«, antwortete Simone. »Wir müssen nur noch Wolfram einnorden, damit er sich weihnachtlich verhält.«

Ilvi winkte ab. »Das kriegen wir schon hin. Er ist halt ein etwas unbeholfener Mensch.«

»Das hast du sehr vorsichtig ausgedrückt«, seufzte Paula. »Aber manchmal gibt es unerwartete Weihnachtswunder. Denk an Mr. Ebenezer Scrooge aus dem Klassiker von Charles Dickens. Von böse, gierig und rücksichtslos hat der nach dem Besuch von Geistern eine vollständige Persönlichkeitsverwandlung durchgemacht.«

»Paula!« Simone schüttelte leicht den Kopf. »Er ist doch nicht böse, nur halt gewöhnungsbedürftig. Und außerdem: Wo sollen wir denn hier Geister herkriegen?«

Ilvi hob den Zeigefinger. »Ich habe noch ein paar alte Bettlaken, die könnt ihr haben.«

Paula machte den Jux mit. »Ich weiß, was dann passiert. Der wird nicht geläutert, der will den Geistern skrupellos Aktien andrehen.«

Die drei lachten sich schief.

»Was gibt es Schönes zu lachen?« Wolfram kam die Treppen hinunter. Natürlich setzte er sich neben Paula.

»Puh«, Paula wedelte mit der Hand. »Wie wäre es mit guten Morgen? Womit hast du dich denn eingesprüht?«

»Das ist ein neuer Herrenduft von Baron von Lisse. Sauteuer.«

»Ich hätte gewettet, es ist Fischparfüm«, ärgerte

ihn Simone, nahm das aber gleich glucksend zurück. »Lass dich nicht ärgern, es war ein Witz.«

Erleichtert lächelte Wolfram.

Simone kündigte den Aufbruch an. »Paula, los, hoch! Betätigen wir uns sportlich.«

Paula sprang auf. »Jippie.«

Schnellen Schrittes liefen sie zur Garderobe und zogen Schuhe, Jacken, Mützen und Schals an. Die Schlittschuhe ließen sie sich von Ilvi an der Tür überreichen und stapften los.

Kaum an dem Tannenwäldchen angekommen, blieb Paula stehen. »Fischparfüm! Du hast Ideen! Hast du sein Gesicht gesehen? Ich konnte mich gerade noch beherrschen und Ilvi hat auch die Lippen zusammengekniffen.«

Simone grinste breit. »Manchmal ist er ja echt ein kleiner Angeber.« Sie äffte Wolfram nach: »Das ist der neue Herrenduft von Baron von Pisse.«

»Baron von Lisse, Simone, Lisse heißt der!«, verbesserte Paula ihre Freundin breit grinsend. »Das hat sicherlich nur daran gelegen, dass er zu viel davon versprüht hat. Möglicherweise hat er angenommen, die Flasche ist zum Einmalgebrauch gedacht.«

Vor Lachen stolperten sie durch den fluffigen Pulverschnee zum See. Bei den ersten Schritten auf den Kufen musste Paula Simone noch helfen, danach aber lief es bestens für sie. Als sie jedoch übermütig wurde: »Schau mal, wie gut ich schon eine Kurve kann«, landete sie unsanft auf dem Hintern. »Das kommt davon, wenn man so angibt«, bereute sie, auf dem Eis sitzend.

Paula zog Simone hoch und neckte sie. »Es gibt ein altes Sprichwort: Wenn es dem Esel zu gut geht, geht er aufs Eis tanzen.«

»Den Spruch kenne ich auch. Aber ich bin doch kein Esel.«

»Nein, wenn schon wärest du eine sehr hübsche Eselin.«

»Na danke!«

Als Paula kurz darauf selbst auf dem Po landete, scherzte Simone süffisant: »Wie war das noch mit dem Esel?«

»Eselin, Simone! Wir wollen doch vornehm gendern.«

17

Paula und Simone warfen noch einen letzten Blick auf den zugefrorenen See, der eine fast magische winterliche Ruhe ausstrahlte, bevor sie zum Haus zurückwanderten.

»So ein Winter ist ein echtes Erlebnis. Schnee satt. Und man muss sich keine Sorgen um das Enteisen des Autos machen, keine Angst vor Staus haben. Man kann das Winterwetter schlichtweg genießen. Weißt du was, Paula, ich bin unglaublich glücklich, dass ich diesen Urlaub gebucht habe.«

»Verstehe ich total. Du hast ja auch deinen Schneemann gefunden.«

Simones Augen glänzten. »Noch viel besser! Er

ist sozusagen mein glitzernder Schneediamant. Klingt gut, nicht?«

Mit bester Laune erreichten sie wieder das Haus. Dort waren die Männer dabei, einen großen Tannenbaum abzuladen und vom Schnee zu befreien. Mit vereinten Kräften trugen sie ihn ins Haus.

Schon beim Betreten erschnupperte Paula einen herrlichen Duft nach frischem Gebäck. Zügig entledigten sie sich ihres Outdoor-Outfits.

Der Wohnraum hatte sich verändert. Auf dem massiven Holztisch luden Platten mit Blätterteiggebäck, Lebkuchen und Schüsseln mit verschiedenen Nusssorten die Gäste ein. Auch Pralinen entdeckte Paula. Leise Weihnachtsmusik erklang im Hintergrund und verlieh dem Zimmer eine gemütliche Atmosphäre.

Wolfram gesellte sich nun auch zu ihnen. Was hatte er eigentlich den ganzen Morgen über gemacht, fragte sich Paula, aber nur kurz, denn eigentlich war es ihr sowieso schnuppe.

Für den Christbaum wurde Platz geschaffen. Auf dem Couchtisch standen mehrere hübsche Kisten mit Weihnachtsmuster. Paula vermutete, dass in ihnen die Baumdekoration auf ihren Einsatz wartete.

Ilvi zeigte zum großen Holztisch. »Ich habe ein bisschen gebacken. Es gibt Blätterteigsterne mit Pflaumenmus und würzigen Lebkuchen. Bedient euch bitte. Der Glögi ist fertig. Wer möchte Kakao mit Sahne?«

Gleichzeitig hoben Paula und Simone die Hand. Sie sahen sich an und lachten los.

Während sich die Gäste ein wenig stärkten, hing Tuure die Lichterkette in den Baum. Zur Belohnung griff auch er zu einem Lebkuchenplätzchen in Form einer Weihnachtskugel.

Nachdem Ilvi den Kakao serviert hatte, öffnete sie die Kisten. »Ihr könnt mir gern helfen.«

Das ließen sich Simone und Paula nicht zweimal sagen. Simone nahm die golden schimmernden Kugeln und hängte sie in den Baum. Paula entschied sich für die kleinen lächelnden Holzwichtel mit den Filzmützchen, und Ilvi dekorierte mit Strohsternen.

Ein einziges Mal wollte Wolfram Einfluss nehmen. »Simone, häng doch die Kugel links ein wenig weiter in die Mitte, das würde harmonischer aussehen.«

Dieser Einwand kränkte Simone sichtbar in ihrer Dekorationsehre. »Wer kann Wolfram eben eine Brille leihen?«

Daraufhin versuchte er sich an einem Kompliment für Paula. »Du hast die Wichtelchen gut gesetzt. Sie schauen alle nach vorn.«

Paula sah ihn verständnislos an. »Warum sollte sich auch einer von uns abwenden?«

Darauf wusste Wolfram wohl keine richtige

Antwort, und deshalb widmete er sich intensiv seinem Glögi.

Alle griffen beherzt beim Weihnachtsgebäck zu und Paula schwärmte: »Hach, diese Blätterteigsternchen mit dem Pflaumenmus – ein Gedicht, Ilvi.«

Falk hatte die Lebkuchenbäume für sich entdeckt. »Die sind großartig! Weich und so würzig, dazu der Glögi. Perfekt!« Er legte den Arm um Ilvi. »Du bist eine brillante Köchin und Bäckerin zugleich.«

Gabriel lobte das Weihnachtsgebäck ebenfalls. »Wir bekommen hier echt das volle Verwöhnprogramm.«

Auch Wolfram langte lobend und kräftig zu.

Ilvis Wangen hatten einen roséfarbenen Ton angenommen. »Die Lebkuchen sind auch die Lieblings-Weihnachtsplätzchen meiner Tochter.«

Ein kleiner Schatten huschte über ihr Gesicht und Paula wusste, dass die Abwesenheit ihrer Tochter Ilvis persönlicher Weihnachtswermutstropfen war. Ilvi hatte sich allerdings im Handumdrehen wieder im Griff. »Probiert doch bitte von den Pralinen. Die sind ebenfalls hausgemacht.«

Simone war die Erste, die beherzt eine Praline griff. »Mmh, mit Schokomousse gefüllt. Köstlich!«

»Es gibt auch noch welche mit Whisky- und Trüffelfüllung«, ließ Ilvi ihre Gäste wissen.

Sie saßen gemeinsam um den knisternden Kamin, erzählten, lachten und hatten Spaß bis in den späten Abend.

Ilvi erklärte ihnen noch einen besinnlichen Weihnachtsbrauch. »Bei uns in Finnland ist es Tradition, am Heiligabend als Familie gemeinsam zum Friedhof zu gehen und dort Kerzen anzuzünden. Man gedenkt den verstorbenen Familienmitgliedern und Freunden. So erstrahlen die Friedhöfe an Weihnachten in einem hellen Lichtermeer. In dieser dunklen Jahreszeit ist es ein Zeichen für Erinnerungen, Frieden, Hoffnung, Glauben und Zusammenhalt.«

Simone antwortete ihr. »Das ist ein sehr schöner Brauch. Bei uns findet man das Lichtermeer zum Gedenken an unsere lieben Verstorbenen hauptsächlich an Allerheiligen. Es werden Kerzen auf den Gräbern angezündet oder an Plätzen, die an die Gefallenen des Ersten und Zweiten Weltkrieges erinnern.«

Tuure fügte noch hinzu: »Diese vielen Lichter, die die Dunkelheit erhellen, sind sehr berührend und ermahnen uns auch an die Endlichkeit des Lebens. Für mich sind Kerzen im Haus etwas Wunderbares. Sie vermitteln mir Ruhe und Gemütlichkeit. Ich mag sie gern.«

Der folgende Nachmittag war für den Besuch beim neuen Förster eingeplant.

Ilvi und Tuure mussten einen letzten Einkauf vor Weihnachten erledigen, daher fehlten sie zum Frühstück, hatten ihren Gästen aber alles parat gestellt. Wolfram schlief länger und mittlerweile fanden es alle gut so.

Paula nahm sich gerade von dem geräucherten Lachs, Simone reichte ihr das Roggenbrot, als das Festnetztelefon klingelte.

»Und jetzt?«, fragte Paula.

»Hat Ilvi was gesagt, ob wir Telefonklingeln ignorieren sollen?«, erkundigte sich Falk.

»Nö, davon war nie die Rede«, antwortete Simone. »Eventuell rufen sie auch an, um uns etwas mitzuteilen.« Sie überlegte kurz. »Nee, dann würden sie einen von uns per Handy anwählen. Aber das Problem lösen wir.« Sie stand entschlossen auf und nahm das Gespräch an.

Leider bekamen die anderen von dem Telefonat ausschließlich Wortfetzen mit, denn Wolfram kam stampfend die Treppen hinunter und setzte sich an den Tisch, ein »Guten Morgen« halb gähnend rausbringend und sofort geräuschvoll mit dem Brotkorb raschelnd. »Na, Paula, wie hast du geschlafen?«, erkundigte er sich.

»Wie immer, gut.«

Das schien Wolfram zu ermutigen. »Du siehst gut aus, Paula. Rosa steht dir«, versuchte er es nochmals.

Paula wollte ihm gerade antworten, als Simone

fröhlich an den Tisch zurückkehrte.

Falk war neugierig. »Da hattest du aber ein nettes Gespräch!«

»Ach«, winkte Simone ab, »da hatte sich nur einer verwählt.«

»Hui, der muss ja schwer beeindruckend gewesen sein, so, wie du gelacht hast. Du hast fast geflirtet.« Wolfram zeigte siegessicher mit dem Finger auf Simone, als hätte er sie bei irgendetwas erwischt.

»Nimm den Finger runter! Man zeigt nicht mit dem Finger auf Leute!«, korrigierte ihn Simone.

»Dann sag uns doch, weshalb das Gespräch so lustig war.«

»Wolfram, sei nicht so neugierig, das geht dich überhaupt nichts an!«

Er wollte noch nicht aufgeben. »Aber warum sagst du nicht einfach, wer ...«

Paula erhob sich. »Simone, lass uns einen kleinen Spaziergang machen, bevor es nachher losgeht.«

»Super! Wir schließen uns an. Dürfen wir, oder?« Falks Frage war jedoch hypothetisch, denn als wäre es abgesprochen, sprangen Falk und Gabriel auf.

Wolfram schaute von einem zum anderen. Er hatte gerade einmal in sein Roggenbrot gebissen.

»Bis später dann, Wolfram!«, verkündete Gabriel. »Du kannst in Ruhe frühstücken.«

»Ihr könntet ja auf mich warten.«
»Du könntest doch auch mal pünktlich beim Frühstück sein«, hielt ihm Gabriel entgegen.

Als sie gemeinsam durch den Schnee wanderten, wollte Falk es dann doch wissen. »Wer war denn wirklich am Telefon?«

18

»Ratet mal!«, forderte Simone auf.

»Das zu erraten ist unmöglich«, fand Gabriel.

»Stimmt. Ich verrate es euch. Es war Ilvis und Tuures Tochter.«

Paula schlug sich die Hand vor den Mund. »Ausgerechnet heute Morgen, wo die zwei nicht zu Hause sind. Das tut mir total leid.«

»Es ist aber gar nicht traurig. Marja wollte ihren Eltern mitteilen, dass ihre Schwiegermutter sich erstaunlich gut erholt hat. Sie und ihr Mann John kommen also doch zu Weihnachten. Sie haben noch einen Last-Minute-Flug ergattert. Sie kannte meinen Namen – eure übrigens auch – weil Ilvi ihr von uns erzählt hat. Und während des Gespräches entstand spontan Marjas Vorschlag, dass wir ihren Eltern nichts von dem Anruf erzählen, sondern es für uns behalten. Es wird also die Weihnachtsüberraschung für Ilvi und Tuure. Wir beide sind jetzt auch per WhatsApp verbunden.«

Paula, Falk und Gabriel fanden die Idee prächtig.

Simone ergänzte noch: »Ich wollte vor Wolfram nur nichts sagen, weil ich mir nicht sicher bin, ob er das für sich behalten kann oder vielleicht versehentlich ausplaudert, weil er doch oft so ... so ...« Sie suchte nach dem richtigen Wort, fand es aber nicht.

Paula kürzte die Sache ab. »Hast du gut entschieden.«

Zeitgleich mit Ilvi und Tuure kamen sie wieder zum Haus zurück. Falk und Gabriel halfen, die Einkäufe hereinzutragen.

»Ich habe schon mal was vorbereitet. Es gibt Brot mit Käse und Schinken, Tomaten, Gurken und Eiern, denn wir werden heute eine Wanderung mit dem Förster machen und danach sicherlich gut bei ihm essen.«

»Ich mag alles, was ihr auftischt«, äußerte Paula.

»Ich auch«, beeilte sich Simone zu versichern.

Am Mittagstisch war Wolfram diesmal sogar pünktlich.

Tuure kündigte an, am folgenden Tag den traditionellen Weihnachtsmarkt in der Nähe zu besuchen.

»Was heißt denn in der Nähe?«, fragte Gabriel nach.

»Ungefähr eine Viertelstunde Autofahrt von hier.«

Tuure warf einen Blick auf seine Armbanduhr. »So, ich will nicht treiben, aber wir sollten los. Später soll es wieder schneien. Und wir wollen vorher ja noch einen Exkurs in den Wald machen. Abfahrt ist in zehn Minuten. Übrigens, ihr könnt euch mit Mika bestens in Englisch verständigen.«

Warm eingepackt trafen sich alle vor dem Haus. Simone sprühte vor guter Laune, weil Falk an ihrer Seite war. Und Paula war auf den neuen Förster gespannt. Wie hatte Tuure gesagt? »Er ist ein bisschen jünger als ich.« Demnach erwartete sie einen Mann um die fünfzig.

Tuure fuhr über eine gewundene Straße durch die weiße Landschaft. Keine Frage, alles, was sie sah, war Postkartenidylle. Ein Winter, wie sie sich ihn immer gewünscht hatte. Und in beschützender Begleitung war das wirklich ein Traum. Aber allein hätte sie diese Wege nicht fahren mögen. Da kamen Ängste hoch. Was, wenn man mit dem Auto liegenbleibt und keiner merkt's? Dann schüttelte sie ihre Furcht ab. Paula, hier leben Finnen, die wissen, was sie tun, keine Angsthasen, wie du es bist. Und überhaupt, mit welchen Gedanken beschäftigte sie sich eigentlich? Genießen war angesagt! Nichts anderes augenblicklich.

Die hohen, schwer mit Schnee beladenen Fichten und Kiefern boten ein atemberaubendes Bild. Sie sah einige Hasen in den Schutz der Bäume huschen. Immer wieder einmal blitzte die Wintersonne durch die Wolken und ließ die Schneedecke funkeln.

Simone empfand das Gleiche wie sie. »Es sieht fantastisch aus, ich kann mich gar nicht sattsehen.«

Auch Falk war begeistert. »Schaut mal dort! Er zeigte zu einer Gruppe Langläufer.

In der Ferne entdeckte Paula Häuser mit rauchenden Schornsteinen. So einsam war es also doch nicht. »Dieses Rot der Häuser ist richtig, richtig schön!«, fand sie. »Es passt wunderbar in die Landschaft, besonders im Winter.«

Tuure lieferte gleich eine Erklärung. »Die Farbe nennt sich Falunrot. Das war eigentlich ein Abfallprodukt bei der seinerzeitigen Kupferförderung. Falunrot deshalb, weil das Kupfer aus dem schwedischen Bergwerk in Falun stammte. Aber nicht nur in Schweden und in Finnland wird dieses Rot verwendet. Ihr wisst sicherlich, dass es diese Farbe auch in Dänemark und Norwegen gibt.«

Gabriel erzählte von seinem letzten Urlaub in Schweden. »Dort hatten wir mit mehreren Kollegen ein Haus gemietet, ebenfalls in diesem ansprechenden Rot. Allerdings war es längst nicht so gemütlich eingerichtet wie eures.«

»Danke!« Ilvi freute sich sichtlich. »Bedenkt, das war ein Ferienhaus. Wir *leben* in unserem.«

»Wir Finnen mögen übrigens Eisfischen. Wie sieht es denn mit euch aus? Habt ihr Lust dazu?«, erkundigte sich Tuure.

Paula lehnte gleich ab. »Nein, nichts für mich. Mir tun die Fische leid.«

»Aber Paula«, warf Gabriel ein, »du isst sie doch auch.«

Sie stöhnte auf. »Ich weiß. Aber ich mag sie weder fangen noch könnte ich sie töten.«

»Ist sowieso reine Männersache!«, tönte Wolfram selbstbewusst.

Paula ließ das unkommentiert. Sie fand es irgendwie lustig, gerade Wolfram musste das sagen. Er hatte bisher alles andere als männliches Verhalten gezeigt. Aber sie wollte ihm die Illusion nicht nehmen, es war schließlich bald Weihnachten.

Plötzlich bremste Tuure langsam ab. »Schaut nach rechts.«

Alle Köpfe drehten sich in diese Richtung. Auf einer Lichtung standen mehrere Rentiere.

»Sie tun mir leid. Finden sie denn überhaupt Futter? Ich meine, die Schneedecke ist doch dick.«

»Das Futterangebot ist naturgemäß nicht so üppig wie in den anderen Jahreszeiten, aber sie finden Flechten, das ist ihre Hauptnahrung im Winter. Rentiere haben scharfe Hufe. Damit kratzen sie den Schnee weg.«

»Ach herrje, wie mühsam.«

»Nun, es ist eben eine Art Winterdiät«, fügte Ilvi hinzu.

»Wir sind gleich da«, kündigte Tuure an und Ilvi drehte sich zu ihren Gästen um, bevor er wieder losfuhr. »Ihr werdet heute einen angenehmen Nachmittag haben. Mika ist ein ganz liebenswerter Mensch unter seiner eher rauen Schale.«

Das war spannend! Paula hatte damit ein ungefähres Bild von ihm. Ein sicherlich zugewachsener Typ Marke Krieger mit bösem Blick, der sich durch das Leben grummelte. Nicht wichtig, dachte sie, Hauptsache, er hatte nach dem Ausflug in den Wald etwas Gutes und Nahrhaftes zu essen!

»Mikas Haus hat eine besonders schöne Lage«, erzählte Ilvi. »Es steht auf einer leichten Anhöhe. Man fährt über eine Holzbrücke, darunter läuft ein kleiner Fluss. Der ist momentan zugefroren, was die Szenerie noch mystischer macht. Tuure, hältst du bitte vor der Brücke an? Das muss ich unseren Gästen zeigen.«

»Dein Wunsch ist mir Befehl, meine Liebe.«

»Rede nicht so geschwollen«, wies ihn Ilvi mit einem Schmunzeln zurecht.

Tatsächlich war die Brücke schnell erreicht und bot das vollkommene Winterbild. Sie war mit Schnee bedeckt, aber es zeigten sich Fußspuren eines Menschen und, wie Paula vermutete, sicherlich die eines Hundes.

»Seid vorsichtig, wenn ihr die Brücke betretet«, warnte Ilvi. »Unter dem Schnee kann eine Eisschicht lauern. Ihr könntet ausrutschen.«

Umsichtig betraten Paula und Simone die Holzkonstruktion.

»Schau mal, überall sitzen Eiskristalle. Boah, sind die hübsch.« Simone griff in ihre Winterjacke und holte ihr Handy hervor. »Ich muss diese kleinen Schönheiten einfangen.«

»Dann kannst du gleich ein Bild über die Brüstung hinunter machen und mir später schicken. Dort hängen lauter Eiszapfen. Das sieht echt mystisch aus.«

Gabriel gesellte sich zu Paula, ebenfalls mit gezücktem Handy. »Mich fasziniert der Fluss. Schau mal, man kann unter dem Schnee stellenweise das gefrorene Wasser sehen.«

»Und wir schießen jetzt ein Foto von uns. Wolfram, kannst du uns vier bitte fotografieren?«

Das tat er und danach bat er schüchtern: »Liebe Ilvi, kannst du auch mal ein Bild von uns fünf machen? Ich hätte zu gerne eins.«

Da nahm die Truppe Wolfram in die Mitte – und er strahlte.

»Tuure, fahre ruhig schon los, wir laufen zu Fuß, ist ja nicht mehr weit, oder habt ihr etwas dagegen?«, fragte Ilvi, in die Richtung hinter der

Brücke zeigend.

Paula entdeckte dort in einiger Entfernung, eingerahmt von hohen Tannen, ein Haus, rot wie Ilvis und Tuures, aber kleiner. Dem Schornstein entstieg Rauch. Die Fenster im Erdgeschoss waren erleuchtet. Einladend sah es aus und weit war der Weg auch nicht. »Na klar, das machen wir.«

Wolfram entschied sich, mit Tuure zu fahren. »Wenn ich nachher noch marschieren muss, will ich es jetzt bequem und warm haben.«

Sie wanderten auf das Haus zu, in dessen Tür ein Mann stand, neben ihm ein Hund.

Paula stockte der Atem.

19

Dieser Mann war fast so groß wie der Türrahmen, er hatte breite Schultern und einen kräftigen Körperbau. Die markanten Gesichtszüge waren geprägt von der Arbeit im Freien. Sein blondes Haar, das ihm in Wellen bis zu den Schultern reichte, umrahmte den gepflegten kurzen Vollbart. Er trug einen aus nordischer Wolle gestrickten Pullover mit einem Rentiermotiv, wie auch Ilvi bei der Begrüßung vor ein paar Tagen. Eine Jeans und schwere Stiefel vervollkommneten das Bild.

Wusch! Fraglos wie ein Kriegertyp, nur netter! Und ausgesprochen sexy. Voll das Klischee, philosophierte Paula.

Ihr Blick wanderte zu dem Hund, der bewegungslos, aber deutlich aufmerksam neben ihm stand. War das ein Husky? Irgendwie nein. Der Förster gab ihm ein Zeichen und er stürzte los, auf die Besucher zu.

Wolfram, der schon aus dem Auto gestiegen war, verschwand wieselschnell mit angstvollem Gesicht wieder im Inneren des Wagens und knallte die Tür zu. Das sorgte für einen Lachsturm der anderen.

»Was für ein Schisser!«, kommentierte Gabriel kopfschüttelnd.

Der Hund hatte nämlich Ilvi im Visier. Kurz vor ihr stoppte er ab und Ilvi knuddelte ihn nach Strich und Faden. »Hallo, meine süße Lumi! Jaha, das tut gut, nicht? Ich weiß doch, wie gerne du hinter den Ohren gekrault wirst.«

Der Förster kam lächelnd zu ihnen. Er umarmte Ilvi, die fast ganz in seinen mächtigen Armen verschwand.

»Mika, darf ich dir unsere Gäste vorstellen«, sagte Ilvi nach der liebevollen Begrüßung.

Tuure rief Wolfram zu: »Du kannst rauskommen. Der Hund hat bereits ein Opfer gefunden.«

Wieder mussten alle lachen. Etwas verschämt gesellte sich Wolfram zur Gruppe. Diesmal hielt er den Mund. Was hätte er auch sagen sollen, ohne sich noch weiter als Feigling zu outen?

Dann stand dieser Mika vor Paula. In diesem Augenblick wusste sie, es war für sie Liebe auf den ersten Blick. Seine Augen waren tiefblau, sie schauten freundlich, aber wirkten trotzdem unergründlich. Sie suchte einen Vergleich. Wie ein See – ein finnischer See.

Paulas Herz raste und sie spürte innerliche Hitze aufsteigen. Hoffentlich lief sie nicht knallrot an.

»*Hei*, Paula«, hörte sie ihn mit einer tiefen, warmen Stimme sagen, die ihr gleich mitten ins Herz schoss. Er reichte ihr die Hand, nein, es war eher eine Pranke. Angenehm umschloss sie ihre Finger. Ein Kribbeln jagte ihr den Rücken herunter. »*Hei*, Mika.« Sie schluckte, unfähig, noch etwas hinzuzufügen.

Das tat dafür aber Simone. Sie machte sogleich Smalltalk und dem schlossen sich Gabriel und Falk locker an.

Währenddessen hatte Paula Zeit, Mika weiterhin zu beobachten. Die Art, sich zu bewegen, mochte sie. Sie verkörperte eine natürliche Selbstsicherheit, ohne überheblich zu wirken. Das gefiel ihr. Dieser Mika war voll ihr Typ Mann!

Mika schlug vor, ohne Verzögerung den kleinen Waldspaziergang in Angriff zu nehmen. »Dann können wir hinterher gemütlich zusammensitzen.«

In den ersten Minuten der Wanderung war das einzige Geräusch das Knirschen des Schnees unter ihren Winterstiefeln. Die verschneiten Kiefern und Tannen bildeten fast so etwas wie ein weißes Dach über ihnen, wäre da nicht die Sonne, die immer wieder durchblitzte und den unberührten Schnee wie winzige Diamanten glitzern ließ. Sie sichteten unterschiedliche Fährten von Tieren, die ihnen Förster Mika erklärte. Er verstand es auf angenehme Art, Wissen zu vermitteln.

Plötzlich stellte Lumi, die stets an der Seite des Försters war, ihre Ohren auf und Mika machte seinen Gästen Zeichen, stehenzubleiben und ruhig zu sein. Raschel- und Scharrgeräusche drangen zu ihnen. Ganz vorsichtig drückte er einen größeren Zweig herunter. Dahinter entdeckten sie einen Elch, der an der Rinde eines Baumes knabberte.

»Holla die Waldfee«, flüsterte Paula, »ist der riesig. Und erst das imposante Geweih!«

Da bewegte sich der Elch, sah zu ihnen. Paula erstarrte. Doch das große Tier wandte sich ab und verschwand zwischen den Bäumen.

Mika legte eine Hand auf ihre Schulter. »Schau hinten zum Horizont.« Sein Zeigefinger gab die Richtung vor.

Ihre Augen irrten kurz umher, bis sie eine Gruppe Rentiere erkannte. Was sie aber als noch viel aufregender empfand, war seine Pranke auf ihrer Schulter. Dadurch war er ihr körperlich nah. Wahnsinn, dieses Gefühl! Und jetzt sah er sie an. Paula hätte in seinen tiefblauen Augen versinken können.

»Finnland hat eine berauschende Natur.« Er ließ

sie los und sie wanderten wieder weiter.

Paula wurde ein bisschen mulmig. Sie waren noch nicht auf dem Rückweg und die Dämmerung hatte bereits eingesetzt. Die Stimmung im Wald veränderte sich. Die letzten Sonnenstrahlen warfen lange Schatten. Das Licht bekam einen kalten Ton, fast bläulich, und so wirkten die Schatten manchmal wie Geister, die zwischen den Bäumen hausten oder auf Wanderer warteten. Man könnte sagen mystisch, auf der anderen Seite aber auch etwas verstörend. Der Wind frischte auf und Schneeflocken wirbelten um sie herum. Das hatte schon etwas Beängstigendes.

Und plötzlich sah sie ein Haus. Es ähnelte ganz stark dem von Mika – und es war sogar seins. Sie waren im Kreis gelaufen!

»Fertig mit unserem Rundkurs«, bestätigte er ihre Erkenntnis. »Und nun machen wir es uns gemütlich. Wie wäre es, wenn wir drinnen erst etwas Heißes trinken würden und anschließend draußen am Feuerkreis essen?«

Dieser Vorschlag fand allgemeine Zustimmung.

Zuerst gab es einen Kaffee mit Schuss, dem Wolfram zwar zusprach, aber auch etwas dazu wusste. »Kaffee in Kombination mit Alkohol ist sicherlich ungesund und pusht das Adrenalin im Körper. Nachher kann man nicht schlafen.«

Nachdem alle versicherten, dass sie damit keine Probleme hatten, machte er einen Rückzieher. »Ich habe das irgendwo gelesen, vielleicht stimmt es auch gar nicht.« Und dann wechselte er das Thema. »Meine Haare sind vom Schneefall ganz nass geworden.«

Paula winkte ab. »Die paar Flocken! Du musst bei Mützen eben Qualität kaufen, nicht so Dinger, wo die Feuchtigkeit sofort durchwandert. Aber okay, Wolfram, ich helfe dir. Ich trinke jetzt deinen heißen Kaffee mit Schuss, damit dir nicht so nass ist«, und sie brach in lautes Lachen aus.

Wolfram stimmte in das Gelächter der anderen mit ein.

Kurz danach wechselten sie nach draußen. Hinter Mikas Haus befand sich eine Feuerstelle, drumherum lagen Baumstämme, auf die man sich setzen konnte. Mika gab jedem ein Sitzkissen.

Gemeinsam mit Tuure hängte Mika einen großen schwarzen Kessel ein. Alle hielten die Hände in Richtung des Feuers und nahmen die Wärme gern auf.

»Wir haben Glück, dass es jetzt nicht schneit«, verkündete Mika.

Ilvi rührte schon geschäftig in dem bauchigen Topf.

»Was gibt es denn?«, erkundigte sich Simone.

»Eine cremige Lachssuppe mit Kräutern.«

Simone sah Wolfram an. »Was ziehst du für ein Gesicht? Magst du Lachs denn nicht?«

»Doch, doch, ich mag Lachssuppe.«

»Bis die Suppe richtig heiß ist, könnten wir eine Schneeballschlacht machen«, schlug Tuure vor.

Alle waren begeistert dabei. Die einzige Regel, die es zu beherzigen galt, war: Keine Kopftreffer!

»Bereit zu verlieren?«, rief Falk und sorgte so für den ersten überraschenden Treffer bei Simone, die aufschrie und schnell einen Schneeball formte, um sich zu rächen.

Immer wieder hörte man Angriffsschreie, Verteidigungsrufe oder Jubel, je nachdem, wer getroffen wurde. Der Schnee stob nach allen Seiten.

Mika begab sich zwischendurch zum Topf, um die Suppe zu überwachen und machte bei der Gelegenheit ein Video der lustigen Schneeballschlacht.

Wolfram verlegte sich darauf, hauptsächlich Paula zu bewerfen. Die drohte ihm dann. »Wenn du mich jetzt noch einmal beschießt, buddel ich dich eigenhändig in eine Schneewehe ein!«

Daraufhin halfen alle Paula und bombardierten Wolfram, der sich irgendwann einfach nur noch die Hände über den Kopf hielt und um Gnade bat. »Ich gebe auf, ich ergebe mich!« Er sank auf die Knie. »Erbarmen!«

Lachend beendeten sie die Schlacht.

Als Obergebeutelter bekam Wolfram den ersten Schnaps – und war sichtlich stolz darauf.

20

»Mmh ..., die Lachssuppe ist herrlich cremig!« Paula aß mit Appetit. Es fühlte sich an, als würde sie in alle kühlen Winkel des Körpers dringen und ihn wohlig wärmen.

»Morgen ist Weihnachtsmarkt angesagt«, verkündete Tuure noch einmal.

»Ich war dieses Jahr bisher nicht auf einem Weihnachtsmarkt«, äußerte Mika. »Spricht etwas dagegen, wenn ich mich euch anschließe?«

Paulas Herz erhielt einen kleinen freudigen Stich. »Nein, komm doch ruhig mit.«

Wolfram stellte eine unsinnige Frage. »Kannst du dir als Förster denn einfach so freinehmen? Hast du nicht eine feste Arbeitszeit?«

»Ich bin bei der Forstbehörde angestellt, kann

mir aber meine Zeit größtenteils frei einteilen. Es liegt in meiner Verantwortung.«

Leider ließ Wolfram einen seiner Schlausprüche los. »Dann bist du so eine Art Unternehmer? Die arbeiten eigentlich 24/7.«

Mika sah ihn an, die Augenbrauen zusammenziehend. »Wie kommst du denn auf so einen Unsinn? Als Unternehmer muss man delegieren und einteilen können. Wer das nicht beherrscht, ist weder Unternehmer noch Chef oder verantwortungsbewusster Angestellter.«

Paula kicherte los. »Tja, Wolfram, somit bist du keiner. Selbst im Urlaub kümmerst du dich ständig um die Aktiengeschäfte.«

Wolfram verteidigte sich. »Aktien sind halt eben sehr sensibel. Die Zauberworte sind Markterfahrung, Taktik und ein untrügliches Gefühl für Tendenzen. Die gilt es auszuschöpfen, täglich.« Er drehte sich wieder zu Mika. »Und wenn du weg bist, wer passt auf deinen Hund auf?«

Als hätte Lumi verstanden, dass es um sie ging, stellte sie die Ohren auf.

»Verreise ich, gebe ich sie zu Ilvi und Tuure.«

Ilvi ergriff das Wort. »Wir lieben Lumi. Unser Hund ist gestorben, nun haben wir einen Urlaubshund, sozusagen.«

Lumi stand auf, wechselte den Platz zu Ilvi und legte die Schnauze auf ihren Oberschenkel. Ilvi tätschelte den Kopf der Hündin. »Nicht wahr,

Süße, du bist gern bei uns.«

»Wollt ihr keinen neuen Hund?«, fragte Paula.

»Doch, zur richtigen Zeit wird das passende Tier zu uns kommen«, orakelte Tuure, aber man sah ihm an, dass der Verlust des Familienhundes ihn immer noch schwer bekümmerte.

Plötzlich wandte sich Mika an Paula. »Magst du Hunde?«

»Total. Meine Großeltern hatten eine Schäferhündin. Sie war so ein lieber Schatz! Was ist Lumi eigentlich für eine Rasse?«

»Sie ist ein Finnischer Lapphund und liebt es, draußen in der Natur zu sein. Außerdem ist sie sehr gelehrig.«

»Das sieht man ihr an. Sie ist sehr aufmerksam.«

Dieser Satz gefiel Mika. »Ruf sie mal, vielleicht kommt sie zu dir.«

Da überlegte Paula gar nicht lange. »Hey, Lumi, komm zu mir! Komm, hier!« Sie kniete sich in den Schnee und hielt eine Hand nach vorn. Und ohne Scheu tapste Lumi zu ihr und schnüffelte an ihren Fingern. Vorsichtig strich sie der Hündin über das Fell. Auch als sie sich wieder auf ihren Platz setzte, blieb Lumi bei ihr.

Erst, als Mika ihr zurief: »Lumi, lass uns die Marshmallows holen«, flitzte sie zu ihm.

Wolfram schaute ein bisschen sparsam, als er bemerkte, dass die Marshmallows das Dessert waren. »Das ist unser Nachtisch? Aber das ist doch

Kindergrillen.«

Falk, der neben ihm saß, schlug ihm kräftig auf den Rücken. »Es kommt auf die Kunst des Grillens an, Wolfram. Also durchaus eine Herausforderung. Du darfst sie nicht ankokeln lassen.«

»Ah so.«

In diesem Moment kehrte Mika mit einer Schüssel zurück.

Jeder spießte sich zwei Marshmallows auf einen langen Holzstab, den ihnen Mika reichte. »Haltet den Stab so ungefähr zwanzig Zentimeter über das Feuer, nicht rein! Immer schön drehen und vor dem Futtern bitte ein wenig abkühlen lassen.«

Das klappte bei allen auch – mit Ausnahme von Paula. Sie unterhielt sich intensiv mit Simone und vergaß das Drehen. Im Nu waren ihre Marshmallows angebrannt. »Oh nein, ich hab's versaubeutelt.« Sie betrachtete, einen Flunsch ziehend, ihren ersten Dessertversuch.

Und plötzlich passierte etwas, womit niemand gerechnet hatte.

Wolfram erhob sich, nahm ihr den misslungenen Versuch aus der Hand und tauschte ihn mit seinem aus. »Nimm den hier, der hat eine appetitliche Bräune.«

So rasch, wie das geschehen war, hatte Paula gar nicht reagieren können. Sie starrte Wolfram völlig überrascht an. »Danke. Das war aber nicht nötig.«

»Ich esse gern mit schwarzer Kruste. Auch beim

Grillen.« Wolfram winkte ab, setzte sich wieder und bereitete einfach einen weiteren Marshmallow-Spieß für sich vor.

Jetzt saß sie da mit dem Spieß von Wolfram. Innerlich musste sie zugeben, dass es eine sehr nette Geste von ihm gewesen war.

Paula passte auf, dass sie diesen Fauxpas nicht mehr wiederholte. Die nächsten beiden Versuche gelangen ihr jedoch gut und sie hatte Spaß, den heißen Mäusespeck zu vertilgen, den sie noch nie auf diese Weise gegessen hatte.

Mika stand auf und ging ins Haus. Lumi heftete sich sofort an seine Fersen. Paula beobachtete seinen Gang, der so männlich war, dass er ihre Fantasie beflügelte.

Das konnte doch nicht die Realität sein! Sie war extra für einen Single-Winter-Urlaub nach Finnland gefahren und ausgerechnet hier traf sie einen Mann, von dem sie sich auf unerklärliche Weise angezogen fühlte.

Lumi schoss mit Riesensätzen wieder aus dem Haus, Mika folgte ihr langsam, in der Hand eine Gitarre. Wortlos setzte er sich ans Feuer und spielte eine sanfte Melodie. Er begann zu singen, kurz darauf stimmte Ilvi ein und danach auch Tuure. Sie sangen einen Kanon und die angenehmen Töne schwangen durch die finnische Winterluft. Paula bekam Gänsehaut.

Simone fühlte dasselbe. »Vielen Dank für diese

wundervolle Darbietung. Das hat mich total berührt. Ich hatte richtig Gänsehaut.«

»Ich auch!«, stimmte ihr Paula sofort zu.

Und Falk fragte ganz pragmatisch: »Sind dir die Finger nicht eingefroren, Mika?«

»Bisher nicht. Aber deshalb gibt es auch nur noch ein einziges weiteres Lied.«

Der Besuch endete etwas später und Mika versprach, am Folgetag pünktlich zur Weihnachtsmarkt-Abfahrt bei ihnen zu sein.

Ilvis Augen leuchteten, weil sie die Zeit mit Lumi verbringen durfte. »Ich werde mit ihr durch den Garten tollen, sie buddelt total gern im Schnee.«

Mit einem freundlichen Lächeln und winkend verabschiedete sie Mika.

Als sich Paula, Simone und Wolfram wieder in Ilvis und Tuures Eingangsbereich der warmen Winterjacke entledigten, wunderte sich Paula, denn Falk und Gabriel standen noch draußen, in ein Gespräch vertieft. In diesem Moment klatschten sie sich ab und kamen auch herein. Schade, bei diesem Männergespräch hätte sie gerne Mäuschen gespielt.

Ilvi bot allen einen Glögi an, der natürlich gern genommen wurde.

Wolfram trank hastig. »Also, ich habe nicht gedacht, dass wir bei dem Förster noch draußen sitzen müssen. Ich habe so kalte Füße bekommen.«

»Hatte sonst noch jemand kalte Füße?«, fragte Simone in die Runde.

Alle verneinten.

»Ist also nur eine Frage von zum Wetter passenden Socken und Schuhen. Du kannst übrigens hier in Finnland superwarme Socken kaufen. Am besten auf dem Weihnachtsmarkt morgen.«

Wolfram nickte und schlürfte den letzten Rest seines Glögis. Ilvi holte ihm Nachschub. »Der zweite geht runter bis in die Zehen«, erklärte sie ihm lächelnd.

Später entschieden sich Falk und Gabriel als Erste, in ihre Zimmer zu gehen.

Wolfram schloss sich ihnen an. »Wartet, ich gehe mit!«

Simone und Paula wollten am gemütlich knisternden Kamin noch ein bisschen lesen.

Paula schwärmte mit glänzenden Augen. »Das habe ich mir für einen Winterurlaub immer so vorgestellt – und jetzt ist es Wirklichkeit. Das werde ich auskosten.«

»Und ich genieße das mit«, schloss sich Simone an.

21

Wolfram überraschte Falk und Gabriel mit einer Bitte. »Sagt mal, mögt ihr noch einen Whisky mit mir trinken?«

Gabriel schaute zu Falk.

»Warum eigentlich nicht, oder was meinst du, Gabriel?«

»Ja, wenn du willst, bin ich dabei.«

»Okay, wenn es ein guter Whisky ist, sagen wir nicht nein. Ich hoffe, du enttäuschst uns da nicht.«

»Oh, da habe ich einen ganz fantastischen Whisky, der wird euch gefallen. Ein Genuss für echte Kenner«, sagte Wolfram aufgeregt, öffnete hektisch seine Zimmertür und ließ sie eintreten.

Wolfram spurtete zu seinem Schrank und holte

eine Flasche einer teuren Whiskymarke heraus. Das passte ins Bild. »Wir müssen allerdings die Wassergläser nehmen«, bemerkte er.

Gabriel fand das nicht tragisch. »Da sind wir nicht sehr wählerisch. Hauptsache, der Whisky schmeckt.«

Wolfram kam mit der Flasche, hielt sie den beiden hin und Falk staunte. »Blue Label. Ich fasse es nicht!«

Gabriel blickte verdutzt. »Klärt mich bitte einer auf?«

Wolfram schwoll die Brust. »Also, das ist ein ganz besonderer Whisky. Er ist sehr teuer, weil ...«

Falk unterbrach ihn. »Mensch, Wolfram, hör doch einmal auf damit! Du hättest es bei anderen viel einfacher, wenn du nicht so angeben würdest. Ich sage dir jetzt, wie man es anders macht, okay?«

»Okay«, kam es kleinlaut zurück.

»Aber zuerst zu dir, Gabriel. Diese Whiskysorte hat mehrere Label. Zum Beispiel Red Label kaufst du im Supermarkt, also der normale Whisky. Dann gibt es den Black Label, der zwölf Jahre alt ist, den Green Label mit fünfzehn Jahren und so weiter.«

»Ah ... verstehe!«

»Und nun zu dir, Wolfram. Pass auf, ich an deiner Stelle würde sagen: Wir trinken gemeinsam einen besonderen Whisky, er kann über fünfzig Jahre alt sein und ist eine Rarität, weil sein Aroma unvergleichbar ist. Rauchig, warm, mit einer samtigen Textur. Für seine Herstellung werden ausschließlich die besten Fässer genommen – man sagt, nur eins von zehntausend eignet sich. Ich freue mich, dass wir ihn zusammen genießen. So, Wolfram, bietet man diese Kostbarkeit an.«

»Ja ... verstehe ...« Er kratzte sich am Kopf. »Aber ein Problem haben wir. Nur Wassergläser.«

Falk sprang auf. »Nein, diese flüssige Kostbarkeit muss in entsprechende Gläser. Ich hole welche. Es gibt sie in der Küche, habe ich gesehen.« Und schon war er verschwunden.

Die Mädels am Kamin wunderten sich.

»Hey, was ist los?«, rief Simone Falk zu, als er um die Ecke flitzte.

»Alles gut, mir fehlte nur ein Glas.«

Damit war es für Simone und Paula in Ordnung und es entging ihnen, dass Falk mit einer Beute von drei Gläsern die Treppe wieder hochspurtete. Sie waren bereits erneut in ihre e-Reader vertieft, auf den Sofas liegend, die behagliche Wärme vor dem knisternden Kamin genießend.

Wolfram war fahrig, während er die Gläser füllte, so ging ein Schluck des kostbaren Whiskys leider daneben. »Ups«, kommentierte er nur und holte schnell ein Papiertuch, um die Minipfütze aufzuwischen.

»Warum bist du so angespannt?«, wollte Falk

wissen.

»Ich finde es total schön, dass ich mal jemanden habe, der mit mir gemeinsam ein Glas trinkt.«

»Hast du keine Freunde?«, fragte Gabriel.

»Nein, aber einen Cousin, der lebt in Belgien. Ab und zu fliege ich dorthin. Ich habe ja eine eigene Maschine, ihr wisst ja, eine Cessna. Ich habe schon zeitig den Pilotenschein gemacht. Das Flugzeug habe ich nagelneu gekauft mit ein paar netten kleinen, aber kostspieligen Extras.« Aber plötzlich hielt er inne und sah zu Falk. »Ich habe jetzt angegeben, nicht?«

»Wie ein Sack Mücken. Das ist so ähnlich, als würde jemand sagen: Mein Haus, mein Auto, mein Boot.«

»Ich habe tatsächlich ein Boot.«

Falk stöhnte auf und schlug sich die Hand an die Stirn. »Wo kommt diese Aufschneiderei denn her? Haben dir deine Eltern nie gesagt, dass Angeberei im Leben nur kurzfristig weiterhilft?«

»Mein Vater hat mir eingebläut, dass nur der Erfolg zählt. Er hat keinen zweiten Platz zugelassen. War ich zweiter oder hatte in der Klassenarbeit nur ein »Gut«, hat er eine Woche nicht mehr mit mir gesprochen. Er hat ständig zu mir gesagt: Du bist ein von Mölch. Und die stehen grundsätzlich an der Spitze. Ein von Mölch ist stets die Nummer eins. Beeindrucke andere Menschen mit deinem Erfolg.«

»Wie schrecklich!«, fand Gabriel. »Ein Vater sollte sein Kind glücklich machen, nicht ein Kind seinen Vater. «

Wolfram zuckte mit den Schultern. »Aber ich bin erfolgreich geworden.«

Falk beugte sich ein wenig vor. »Aber zu welchem Preis? Es ist toll, beruflich erfolgreich zu sein, aber dafür keinen einzigen Freund zu haben? Wolfram, Freunde sind das Wichtigste im Leben. Echte Freunde stehen dir auch in schwierigen Zeiten bei, du bist mit Problemen nicht allein. Ein Freund akzeptiert auch deine Macken, und Freunde helfen einem auch, die eine Ecke oder Kante abzuschleifen, was ja zur Reifung der Persönlichkeit durchaus von Vorteil ist.«

Gabriel wusste auch noch etwas zu dem Thema. »Und das Beste ist, mit Freunden kann man toll abhängen und jede Menge Spaß haben.«

Wolfram schaute verlegen zu Boden und blieb stumm.

Falk hob sein Glas. »Ich schlage vor, wir trinken erst einmal einen Schluck von deinem besonderen Whisky, den du mit uns teilst. Das ist sehr großzügig von dir und wir bedanken uns.«

Da strahlte Wolfram. »Ich freue mich, dass ich ihn teilen kann.«

Falk schloss für einen Augenblick die Augen. »Er ist hervorragend. Die Flasche musstest du aber gut im Koffer verpackt haben, ansonsten wäre die nicht heile angekommen. Die Koffer werden nun nicht gerade schonend behandelt.«

»Ich habe sie im Duty-Free-Bereich gekauft, dann kann man sie auch im Handgepäck mit sich führen, allerdings muss die Verpackung versiegelt bleiben.«

»Ah ja, an diese Möglichkeit hatte ich nicht gedacht. Aber mal etwas anderes. Warum machst du nicht mal ein Kommunikationsseminar mit?«

»Wofür denn? Ich bin beruflich erfolgreich und kann verkaufen.«

»Ich sagte Kommunikation, nicht Verkaufstraining. In so einem Seminar vermittelt man dir auch die zwischenmenschlichen Töne, in deinem Fall heißt es, Missverständnisse zu vermeiden, weil du klarer kommunizieren wirst. Es wird dein Selbstbewusstsein stärken, du musst also nicht immer als Erster *Ich* schreien, denn du lernst dort auch zuzuhören. Und emotionale Kompetenz würde dir auch guttun.«

Gabriel haute noch etwas hinterher. »Und wenn du das gelernt hast, könntest du unter Umständen noch ein Flirtseminar belegen. Du flirtest nämlich grottig, Paula und Simone können dir das bestätigen.«

Erschreckt sah Wolfram ihn an.

Falk glättete gleich Wolframs emotionale Woge. »Wir meinen das keinesfalls gemein oder böse, wir wollen dir helfen, weil du bei allen von uns angeeckt bist – und wenn man das bei allen tut, sollte man darüber nachdenken, wo der eigene Fehler liegt.«

»Kommunikationsseminar also.«

»Versuche es einfach mal. Schaden kann es nicht.«

Falk lenkte danach auf das Thema Aktien. Und plötzlich war Wolfram in seinem Element. Er verlor alle Unsicherheit und Nervosität. Seine fachliche Kompetenz, die Art, etwas zu analysieren, damit man es verstand, war überragend.

Und so verabschiedeten sich Falk und Gabriel eine halbe Stunde und einen weiteren Whisky später, bestens eingenordet, was das Thema Aktieninvestitionen betraf, und beide überlegten sogar, ob sie das versuchsweise in Angriff nehmen sollten.

22

Falk bat Gabriel noch zu sich ins Zimmer. Der war noch ganz beeindruckt. »Hättest du das gedacht? Ich meine, er ist so ein Großkotz. Und wie sagt Paula immer? Hibbelhase. Und im Innern schlummert trotzdem etwas, was man retten kann.«

Falk stimmte ihm zu. »Wird nicht einfach und dauert bestimmt, aber sicherlich ist was zu machen. Er braucht halt jemanden, der ihn ein bisschen pusht.«

»Meinst du, er nimmt den Rat bezüglich des Kommunikationsseminars an?«

»Ich habe, ehrlich gesagt, null Ahnung. Der ist nämlich wie eine Wundertüte.«

»Sollen wir Paula und Simone Bescheid sagen?«, fragte Gabriel.

»Ja, morgen, wenn die Gelegenheit günstig ist.«

Gabriel hatte einen Vorschlag. »Wir können ja wetten. Ich glaube, er bucht ein Seminar und erzählt uns das stolz.«

Falk stutzte. »Wie kommst du darauf?«

»Na, er hat doch seinen teuren Whisky mit uns geteilt. Und du hast gesagt, irgendwo tief im Verborgenen gibt es eine positive Stelle bei ihm. Ich denke, die hast du angekratzt. Er will ja Freunde haben, scheitert allerdings durch seine unmögliche Art.«

»Stimmt. Aber okay, dann wette ich dagegen. Was ist der Einsatz?«

»Wie wäre es mit einem Whisky-Tasting, wenn wir wieder zu Hause sind? Das würde mich nämlich jetzt echt interessieren. Der Verlierer zahlt.«

»Ich bestehe auf ein Whisky-Tasting in Schottland.«

Gabriel sah ihn mit zusammengezogenen Augenbrauen an. »Das wird aber teuer.«

»Ach Quatsch! Meine Mutter ist doch Schottin, und ihr Bruder hat übrigens eine recht große Whisky-Brennerei. Wir fliegen dahin.«

»Dein Onkel stellt Whisky her? Wie toll ist das denn? Dann wünsche ich mir, dass ich Sieger werde.«

»Dorthin kommen wir in jedem Fall. Es ist also letztendlich nur eine Frage, wer die Flugkosten übernehmen muss. Die Unterkunft ist frei, mein Onkel und meine Tante sind total gastfreundlich.«

»Okay, ich spreche noch einmal heimlich mit unserem lieben Wolfram«, scherzte Gabriel.

»Das ist Wettbewerbsverzerrung!«, machte Falk den Spaß mit. »Ich lasse dich ab jetzt nicht mal allein zum Klo gehen.«

Während Falk und Gabriel noch zusammensaßen, hatte sich Paula in ihr Bett eingekuschelt, konnte allerdings noch nicht schlafen. Sie schaute zu den fröhlichen Schneeflocken, die vor ihrem Fenster tanzten. Sie wirkten so leicht und unbeschwert.

In Paulas Herzen jedoch herrschte Aufruhr. Sie hatte heute etwas erlebt, was sie nie für möglich gehalten und in das Reich der Märchen abgeschoben hätte. Liebe auf den ersten Blick! Es hatte sie voll erwischt.

Paula schminkte sich am folgenden Morgen besonders sorgfältig. Als sie in den Spiegel sah, war sie mit sich zufrieden, musste aber auch innerlich schmunzeln. Es war fast wie in Teenietagen, wenn sie sich für ein Date aufbrezelte. Nur diesmal traf sie einen fremden Förster aus Finnland zum Frühstück, und das noch nicht einmal allein. Trotzdem wollte sie den bestmöglichen Eindruck hinterlassen.

Sie fasste sich an die Stirn. In ein paar Tagen war

sie wieder weg, saß dann wie sonst auch in Deutschland in einer Bank, während Mika hier in Finnland weiter rumförsterte.

Sie holte tief Luft und entschied sich, ihre prickelnden Gefühle erst einmal als kleine wohltuende Winterüberraschung für sich zu werten. Was kam danach? Aber den Katzenjammer würde sie sich für Deutschland aufbewahren – oder von großartigen Erinnerungen zehren. Eins von beiden.

Zum Frühstück trafen alle zusammen. Wolfram fehlte – wie bisher.

»Der Kerl verzögert immer alles. Wegen ihm dürfen wir gleich warten!«, ärgerte sich Paula, aber nur kurz, denn ihre Aufmerksamkeit wurde von dem eintreffenden Mika und seiner Hündin voll in Anspruch genommen.

Lumi stürmte sofort auf Ilvi zu, die sie ausgiebig knuddelte. Anschließend holte sich Lumi die Streicheleinheiten der anderen ab. Paula und Simone knieten sich hin, um die liebenswerte Hündin zu streicheln.

Danach war Paula auf Mika fixiert. Verdammt, sah der Kerl gut aus! Noch besser als gestern. Diesmal trug er einen dicken Pullover in Rot-Weiß, der stand ihm zu seinem hellen Haar besonders gut. Und diese tiefblauen Augen! Als er alle begrüßte und sie ansah, begann Paulas Herz wild zu schlagen. Er setzte sich ihr gegenüber. Lumi legte sich mit einem Knochen, den sie bei Ilvi abgestaubt hatte, ein Stückchen entfernt vor einem Schrank ab. »Dort liegt sie gern«, kommentierte Ilvi, nachdem ihre Gäste dem Ritual zugeschaut hatten.

Wahrscheinlich bekomme ich keinen Bissen runter, befürchtete Paula. Als Mika ihr den Brotkorb reichte, schenkte sie ihm ein Lächeln, das er mit einem interessierten Blick erwiderte. Prompt griff sie den Korb nicht richtig und er bekam Schlagseite, aber Mika rettete die Situation mit einem lockeren: »Nichts passiert!«

Es war ein Frühstück voller Fröhlichkeit, doch gleichzeitig für Paula auch ein aufregendes, sodass sie wenig aß.

Ilvi betrachtete sie besorgt. »Was ist los? Ist dir nicht gut? Du pickst wie ein kleines Vögelchen.«

»Irgendwie bin ich heute gar nicht richtig hungrig«, wich sie aus.

»Gib es zu, du willst dich auf dem Weihnachtsmarkt ordentlich durchfuttern«, neckte sie Gabriel.

Simone sprang ihrer Freundin bei. »Ich verstehe das. Ich halte mir auch eine Lücke frei. Es gibt sicherlich viele leckere Sachen zu kosten. Es wäre schade, wenn ich ganz satt wäre.«

»Das macht ihr richtig!«, bekräftigte Tuure. »Ihr müsst unbedingt unsere finnischen traditionellen Weihnachtsmarktköstlichkeiten probieren.«

Paula warf des Öfteren einen prüfenden Blick zur Treppe. Wo blieb Wolfram nur?

Als hätte Falk ihre Gedanken geahnt, erhob er sich. »Ich klopfe mal eben bei Wolfram an. Sonst verzögert der noch unsere Abfahrt. Was essen kann er ja auf dem Weihnachtsmarkt.«

Lumi hatte ihren Kauknochen in der Zwischenzeit verspeist und sich neben Ilvi gelegt, als wüsste sie genau, dass sie die nächste Zeit mit ihr verbringen würde.

»Was meinst du, Lumi, gehen wir gleich raus in den Schnee?«, fragte Ilvi und die Hündin bellte auf, als hätte sie es verstanden.

Falk kehrte mit einer überraschenden Nachricht zurück. »Wolfram kommt nicht mit. Er habe noch anderes zu erledigen. Wir sollen uns einen schönen Tag machen.«

Die Gesichter der Runde zeigten alle Erstaunen, doch niemand äußerte sich, lediglich Paula ließ sich zu einem knappen Kommentar hinreißen. »Dann ist das so.« Innerlich freute sie sich. Es würde weniger anstrengend, weil die Nervosität heute mal im Haus blieb und der Schatten an ihrer Seite fehlte.

»Wir nehmen zwei Autos«, verkündete Tuure. »Wer fährt mit mir, wer mit Mika?«

Da sorgte Simone für eine Überraschung. Sie deutete auf Paula und sich selbst. »Wir zwei fahren mit Mika.«

Der gab das Kommando. »Auf, es geht los!«

Paula und Simone stapften durch den Schnee zu seinem Wagen.

»Du kannst vorn sitzen, ich nehme die Rückbank.« Und schon saß Simone hinten.

Paula stieg mit Herzklopfen neben Mika ein. Sie warf ihm einen interessierten Blick von der Seite zu, als er sich darauf konzentrierte, vom Grundstück zu fahren. Oh ... dieser Mann!

23

Während der Fahrt auf den schmalen Straßen durch die verschneiten Wälder und die offenen Landschaften, die sich wie unter einer glitzernden weißen Decke präsentierten, entspann sich ein nettes Gespräch.

Mika war überrascht, dass Paula und Simone an der Ostseeküste wohnten.

»Die Ostseeküste bietet Finnland ebenfalls – und das herrliche Schärenmeer. Dort leben viele Seevögel und Fischarten.« Er sprach mit viel Liebe über sein Heimatland. »Finnland wird auch das *Land der tausend Seen* genannt. Aber es sind viel, viel mehr – ein Wasserlabyrinth in Blau sozusagen. Außerdem sind wir das waldreichste Land

Europas.«

»Da lag es nahe, Förster zu werden«, scherzte Simone.

»Ich war schon immer gerne in der Natur. Ich liebe die Ruhe und die Abgeschiedenheit, das freie Leben mit meinem Hund. Es macht mir Spaß, Verantwortung für unser komplexes Ökosystem zu tragen.«

»Die meisten Bäume sind Nadelbäume, nicht?«, wollte Paula wissen.

»Ja, Fichten und Kiefern. Und wir haben reichlich Birken. Auch unsere Tierwelt ist vielfältig. Wir beherbergen viele Zugvögel, sie haben hier ihre Rastplätze.«

Simone war mit ihren Gedanken schon auf dem Weihnachtsmarkt. »Was empfiehlst du uns denn gleich? Was ist besonders?«

Mika überlegte einen Augenblick. »Das ist gar nicht easy, die Geschmäcker sind ja verschieden, ich persönlich freue mich auf *Poronkäristys*, das ist ...«

»O bitte!«, unterbrach ihn Simone. »Sag es nicht! Wir probieren das und raten dann, was es sein könnte.«

Dieser Vorschlag brachte Mika zum Lachen. »Okay, wenn ihr das wollt.«

Mittlerweile waren sie in ein belebtes Gebiet gekommen. Die Häuser standen nicht mehr weit auseinander. Hier konnten sich die Nachbarn binnen

Minuten gegenseitig besuchen.

Aus den Schornsteinen stieg Rauch in den Winterhimmel. Paula stellte sich vor, wie gemütlich es im Inneren der Häuser sein musste, aus denen warmer Lichtschein quoll.

Die Stadt war erreicht, sie fanden zwei Parkplätze nebeneinander.

Falk ergriff Simones Hand, Gabriel und Tuure waren bereits in ein Gespräch vertieft, und wie selbstverständlich kam Mika an Paulas Seite.

Sie wanderten in den Altstadtbereich mit seinen schmalen Gassen. Hübsche kleine, verschiedenfarbige Holzhäuser mit historischer Architektur empfingen sie.

»Eigentlich liegt hier noch altes Kopfsteinpflaster, aber der Schnee will es uns nicht zeigen«, erklärte Mika Paula. »Du solltest im Sommer herkommen. Es werden Konzerte veranstaltet, es gibt lebendige Märkte und viele bunte Blumen. Man kann am Flussweg entlanggehen und den Sonnenuntergang bewundern.« Sein Blick ruhte auf ihr.

Paula gab ihm recht. »Das sollte ich wirklich tun.«

Die weihnachtliche Beleuchtung in den Gassen zauberte eine Wintermärchenatmosphäre. Paula war hin und weg.

Sie erreichten den Marktplatz – und es herrschte

Trubel. Eine beleuchtete Holzhütte schmiegte sich an die nächste. Paula hörte Stimmengewirr und appetitliche Düfte waberten durch die Luft. Man konnte direkt Hunger bekommen.

Simone hatte Falk, Tuure und Gabriel von ihrer Vereinbarung erzählt, *Poronkäristys* probieren zu wollen, ohne zu wissen, was es ist. »Und jetzt würden wir das gerne testen.«

Sie erntete allgemeine Zustimmung.

Mika fasste Paula an den Schultern und drehte sie. »Dann ab in diese Richtung!«

Nach wenigen Metern Fußmarsch erreichten sie eine Bude, von der es bereits unwiderstehlich duftete. Mika bestellte für alle und kurz darauf hatten sie ihre Fleischportion vor sich stehen, begleitet von Kartoffelpüree und Preiselbeeren.

Simone fächelte sich den Duft zu. »Mmh, sehr aromatisch.« Sie kostete. »Woah, lecker! Das Fleisch ist ganz zart.«

Nun probierte auch Paula. »Es ist total saftig, es erinnert mich ein bisschen an Wild. Ist es Hirsch?«

Mika schüttelte den Kopf.

Tuure freute sich über die Zwiebeln im Gericht. »Zwiebeln liebe ich.«

Alle aßen mit Appetit, keiner dachte mehr ans Raten, bis Simone noch einmal darauf zurückkam, als die Teller geleert waren. »Was ist es denn nun?«

»Rentiergulasch«, verriet Mika.

»Och ...« Paula war sich nicht sicher, ob sie dieses Essen gewählt hätte, wenn ihr Rentier als Hauptzutat bewusst gewesen wäre.

»Es war doch schmackhaft, oder?«, vergewisserte sich Mika.

»Ja ... schon, aber für mich ist das gewöhnungsbedürftig. Diese hübschen Rentiere ...«

Simone legte den Arm um die Schulter ihrer Freundin. »Kühe, Schweine und Hühner sind auch hübsch. Wir sind halt keine Vegetarier.«

Paula kratzte sich am Kopf. »Das ist mein stetiger Kampf. Ab und zu Fleisch und Fisch ...«

Simone verstand sie. »Ich kann ebenfalls nicht immer drauf verzichten.«

Paula seufzte auf, mal wieder in einem Gewissenskonflikt gefangen, aus dem sie aber von Tuure geholt wurde. »Wir gehen jetzt *Pulla* essen.«

Es war nicht weit bis zu dem Stand, an dem es intensiv nach Zimt duftete.

Aha, erkannte Paula, *Pulla* sind gefüllte Hefebrötchen!

»Wer möchte mit Zimt, wer mit Vanillefüllung?«, erkundigte sich Tuure und bestellte für alle.

Sie standen in der Runde und aßen. Neben Mika fühlte sich Paula großartig. Und was ihr auffiel: Viele Frauen, die an ihm vorbeiliefen, schauten ihn an, länger als gewöhnlich. Er sah aber auch knallermäßig aus und passte mit seinen blonden, schulterlangen, gewellten Haaren wunderbar in das jahrhundertealte Ambiente dieser Altstadt. Alle Verkäufer und Verkäuferinnen waren mittelalterlich gekleidet, was diesem Weihnachtsmarkt noch einmal ein ganz besonderes Flair verlieh. Paula konnte sich Mika in diesen traditionellen Kostümen bestens vorstellen. Es hätte mit Sicherheit etwas Verwegenes, Kriegerisches und unendlich Männliches.

»Hey«, stupste Mika sie an. »Was ist los? Fühlst du dich nicht wohl? Du wirkst so abwesend.«

»Nein, nein«, Paula versuchte, locker zu lächeln, »ich habe mir nur gerade vorgestellt, wie das Leben in früheren Jahrhunderten hier gewesen sein muss.« Sie ließ den Blick über den Markt schweifen. Ihre Vorstellung, wie er ausgesehen haben könnte, behielt sie natürlich für sich.

»Du, darüber habe ich auch schon oft nachgedacht. Die Fantasie galoppiert, nicht wahr?«

Gemeinsam schlenderten sie an einem ansprechenden nostalgischen Kinderkarussell vorbei, dessen Holzpferde und -schlitten kunstvoll bemalt waren. Musik spielte, Lichter glitzerten und Kinderaugen strahlten.

Sie erreichten den Bereich des traditionellen Kunsthandwerks. Händler boten Holzarbeiten, von Kinderspielzeug bis hin zu Weihnachtsfiguren und anderen Dekorationsstücken an. Es gab eine Reihe von Ständen mit handgemachter Keramik. Tassen, Teller, Vasen und Schalen in bunten Farben lockten viele Käufer. Auch typisch finnischer Weihnachtsbaumschmuck konnte erworben werden. Alle deckten sich mit Souvenirs ein.

Eine Hütte hatte es Paula besonders angetan. Dort gab es Wolle. Sie stand überlegend davor.

Mika gesellte sich zu ihr. »Möchtest du Wolle kaufen?« Seine Stimme hatte einen leicht ironischen Unterton.

Das war auf eine komische Art und Weise die Entscheidung. »Ja. Ich habe früher viel gestrickt. Aber ich bin aus der Übung. Ich glaube, ich stricke mir als Start einen Schal. Das wäre eine tolle Erinnerung an Finnland.«

»Würdest du mir auch einen machen?«, fragte Mika ernst.

24

Als die Gruppe nach Hause zurückkehrte, standen Ilvi und Lumi in der Tür. Lumi war sichtlich angespannt. Sie wartete nur auf das Kommando von Mika, zu ihm kommen zu dürfen, was sie nach seinem Ruf mit Begeisterung tat.

Paula trug eine große Tüte, die gleich die Aufmerksamkeit von Ilvi weckte. »Hui, was hast du denn da drin?«

»Wolle, Ilvi. Ich möchte seit langen Jahren mal wieder stricken. Ich habe mir Wolle für einen Schal gekauft. Und weißt du was? Ich freue mich total drauf.«

»Aber so viel Wolle?«

»Mika möchte auch einen Schal haben.«

Ilvi starrte sie überrascht an.

Paula verstand ihren erstaunten Blick, denn sie hatte es vorhin auf dem Weihnachtsmarkt selbst nicht fassen können.

Zuerst hatte sie an einen Scherz geglaubt und deshalb noch einmal schnodderig nachgefragt. »Was soll ich einstricken? Einen Wal, ein Eichhörnchen oder einen Buntspecht vielleicht?«

»Och, mir würde ein Streifenmuster schon reichen. Möglicherweise so?« Er deutete auf einen bereits fertigen, am Stand ausgestellten dunkelblauen Schal, der von hellblauen Streifen und weißen Rauten durchzogen war.

An diesem Punkt hatte Paula registriert, dass Mika es tatsächlich ernst meinte. Und plötzlich – sie wusste eigentlich gar nicht wie – suchten sie gemeinsam Wolle für zwei Winterschals aus! Paula kaufte gleichzeitig eine Rundnadel, mit der sie früher am liebsten gearbeitet hatte.

Mika hatte ihr die Taschen abgenommen und getragen. Paula hatte protestiert, weil die Tasche nicht viel wog, aber Mika hatte darauf bestanden. Wenn sie schon für ihn strickte, wollte er wenigstens das Rohmaterial tragen.

Paula hatte das Gefühl, als wäre ein unsichtbares Band zwischen ihnen geknüpft worden. Sie fühlte eine Lockerheit, die sie vorher ihm gegenüber nicht gehabt hatte.

Ilvi holte sie aus ihren Gedanken, indem sie mehrere Knäuel pastellfarbene Wolle herausholte.

»Die ist für mich«, erklärte Paula. »Ich kombiniere sie mit der weißen Wolle, und die blaue ist für Mika.«

Ilvi knetete das Wollknäuel. »Schön weich.«

»Finde ich ebenfalls. Schau mal, das ist die passende Rundnadel und ich ...«

Simone tippte Paula auf die Schulter. »Hey! Dürfen wir euch zwei beim Fachsimpeln unterbrechen? Tuure hat schon zweimal gefragt, wer denn einen Glögi möchte.«

Paula entschuldigte sich. »Sorry, aber Wolle kann ziemlich aufregend sein. Und ja, immer her mit dem Glögi!«

Mika jedoch verabschiedete sich. »Für mich wird es Zeit.« Er drehte sich scherzend zu Paula. »Ist der Schal bis morgen fertig?«

Und Paula feixte. »Für dich werde ich die ganze Nacht durchstricken.«

Aber noch bevor Mika gehen konnte, öffnete sich die Eingangstür und Wolfram trat ein, eine rote Weihnachtsmütze wie ein Nikolaus tragend und allen einen schönen Abend wünschend.

Das Gejohle war groß.

»Dir fehlt nur noch der weiße Nikolausbart«, rief Simone amüsiert. »Wo bist du denn gewesen?«

»Ich musste ein bisschen was online erledigen, bin später in das nahegelegene Dorf gefahren und habe mich umgesehen.«

Wolfram öffnete seine mitgebrachte Tasche. Zum Erstaunen aller hatte er für jeden eine Nikolausmütze mitgebracht.

Ilvi ergriff als Erste das Wort, während sie ihre Mütze überstülpte. »Vielen Dank, das ist echt eine gelungene Überraschung!«

Mika, mit der Weihnachtsmütze auf dem Kopf, verabschiedete sich nun endgültig mit Lumi. »Bis morgen.«

»Warte!«, rief Wolfram. Er griff noch einmal in die Tüte und holte einen Knabberknochen für Lumi heraus. Man sah, wie sehr sich Mika über diese Geste freute. Er versicherte Lumi, sie würde ihr Geschenk zu Hause sofort zwischen die Zähne bekommen.

In der nächsten Stunde hatten alle viel Spaß, denn sie alberten mit den Mützen herum und schossen jede Menge Fotos.

Als erster stand Wolfram auf. »Ich bin müde. Gute Nacht zusammen.«

Simone und Paula starrten ihm hinterher. Als sie hörten, wie oben die Tür ins Schloss fiel, meldete sich Falk zu Wort. »Es ist folgendermaßen ...« Er berichtete von dem Gespräch am Vorabend. »Jedenfalls scheint er Weihnachten nicht allein verbringen zu wollen. Er hat wohl verstanden, dass seine Art unglücklich ist und er sie ändern muss.«

Simone schüttelte ungläubig den Kopf. »Kein Wunder, dass der so drauf ist bei einer derartigen Kindheit. Das ist definitiv Mobbing oder Quälerei, wenn ein Kind so unter Druck gesetzt wird.«

»Na gut«, warf Paula ein, »aber irgendwann wird man erwachsen und kann sich anders als die Eltern verhalten.«

Ihre Freundin jedoch sah es differenzierter. »Ich glaube schon, dass er aufgrund dessen einen psychischen Knacks davongetragen hat. Er muss zwangsweise immer der Beste sein, das wurde so in ihm verankert. Da raus zu kommen, ist bestimmt nicht einfach, besonders wenn es ihm bisher keiner gesagt hat.«

Ilvi stimmte Simone zu. »Die Menschen sind alle unterschiedlich. Möglicherweise traut sich niemand in seinem Umfeld, etwas gegen ihn zu sagen, wenn er eine Führungsposition innehaben sollte.«

»Das ist das Fatale«, fand Falk. »Er ist ohne Zweifel ein Aktien-Kenner und sogar ziemlich reich. Leider mangelt es ihm an Empathie und Rücksichtnahme, und seine soziale Kompetenz liegt im Minusbereich. Aber bei ihm ist noch was zu retten, deshalb haben wir ihm einen Vorschlag gemacht.«

»Morgen ist Weihnachten, ihr Lieben«, warf Ilvi ein. »Seien wir großzügig. Die Menschen sind unterschiedlich und er ist, wie er ist.«

Paula seufzte auf. »Ein Mini-Mini-Ansatz ist

jedenfalls vorhanden.« Sie zog an der Bommel ihrer Weihnachtsmütze.

Kurz darauf bildeten sich lustigerweise drei Gruppen.

Tuure und Gabriel führten ein Gespräch über das Leben in Finnland im Allgemeinen. Gabriel war sehr wissbegierig.

Falk saß mit Simone zusammen. Die zwei unterhielten sich leise, sodass Paula daraus schloss, sie planten ihre Zeit nach dem Finnland-Urlaub. Beiden strahlte das Glück regelrecht aus den Augen.

Ilvi und sie fachsimpelten über das Stricken. Paula warf einen Blick auf den Zettel mit dem Rautenmuster. »Das Bild ist fast, aber nur fast, selbsterklärlich, kannst du mir bitte den Text darunter kurz übersetzen?« Sie kratzte sich am Kopf. »Puh! Mika will tatsächlich einen Schal. Zuerst habe ich gedacht, es sei ein Scherz. Doch nein. Das hat mich irgendwie überfallen. Und das Rautenmuster? Hilfst du mir?«

Ilvi lächelte. »Du scheinst ihm zu gefallen, sonst hätte er das garantiert nicht gesagt.«

Dieser Satz sorgte für eine zarte Röte in Paulas Gesicht.

Das überging Ilvi jedoch und erhob sich. »Ich hole eben einen Zettel samt Stift, damit du dir alles notieren kannst.«

Flink war Ilvi zurück und Paulas Problem gelöst.

Aber eine Frage hatte sie noch: »Ilvi, hast du ein Maßband für mich, das du mir in den nächsten Tagen leihen könntest?«

»Sag bloß, du willst schon mit der Arbeit beginnen?«

»Mich juckt es in den Fingern.«

Über Ilvis Gesicht huschte ein wissendes Lächeln.

25

Später am Abend in ihrem Zimmer und auch schon bettfertig, holte Paula doch noch einmal die Tüte mit der Wolle hervor. Und plötzlich waren die Maschen für die Maschenprobe angeschlagen. Nach den ersten beiden Maschenreihen war sie wieder völlig drin, die Arbeit ging ihr leicht von der Hand. Warum hatte sie dieses Hobby eigentlich vernachlässigt?

Sie verglich ihre Probe mit den Maschenzahlen, die Ilvi notiert hatte – und siehe da, es passte fast. Sie musste nur einen Hauch lockerer stricken. Hier zeigte sich die Individualität der Strickerin. Sie war etwas fester unterwegs, aber ein wenig lockerer arbeiten wäre sogar besser.

Plötzlich packte sie der Ehrgeiz. Sie setzte sich auf die Couch, einen Zettel samt Stift auf dem Tisch platzierend.

Paula fühlte sich pudelwohl. Draußen schwebten die Schneeflocken vorbei, sie saß auf der gemütlichen Couch und tat etwas, das sie unbewusst schon länger vermisst hatte – sie strickte. Eine Arbeit mit den Händen. Klasse! Dieses rhythmische leise Geräusch der Nadel mochte sie, weil es ihr bestätigte, sie würde Masche für Masche Schönes erschaffen. Die weiche Wolle glitt durch ihre Hände, das Knäuel lockerte sich und wurde weniger ...

Als sie auf die Uhr sah, war es halb zwei geworden. Oha, nun hieß es aber ab ins Bett! Ansonsten wäre sie morgen müde, und den Heiligabend wollte sie auf jeden Fall genießen. Sicherlich würde es eine lange Nacht – und Mika war mit dabei!

Plötzlich musste Paula auflachen. Ein fremder Mann, in den sie sich auf den ersten Blick unrettbar verliebt hatte, feierte Weihnachten mit ihr – und sie strickte ihm einen Schal! Das hatte auf einer Seite etwas Lustig-Skurriles, auf der anderen etwas Märchenhaftes.

Als sie im Bett lag, wanderten ihre Gedanken zu Mika. Es war heute so angenehm gewesen, neben ihm herzuschlendern. Es hatte sich angefühlt, als wäre er ihre Begleitung, obwohl es bloß ein Gemeinschaftsausflug gewesen war. Und das Beste war der Wollkauf! Da sein Schal höchstwahrscheinlich nicht in diesem Urlaub fertig würde, blieben sie zwangsweise in Kontakt. Wenn das nicht eine aufregende Option war!

Sie zog die Bettdecke bis ans Kinn hoch. Weihnachten, hallo, hier bin ich, du kannst heranschweben, gern mit einem kleinen Weihnachtswunder, das Simone ja für sie beide bestellt hatte.

Simone schwebte auch, nämlich im siebten Himmel.

Falk hatte sie gebeten, noch für ein paar Minuten mit zu ihm aufs Zimmer zu kommen. Sie beobachtete ihn, während er drei Kerzen anzündete. Sie mochte seinen Gesichtsausdruck, wenn er sich konzentrierte.

Toll sah er aus. Das dunkle Haar, das recht ordentlich war, als sie ihn das erste Mal getroffen hatte, schien sich in Finnland wohlzufühlen, es erschien wuscheliger. Mittlerweile trug er einen Dreitagebart, was ihm ausnehmend gut stand. In dem flackernden Kerzenlicht wirkte sein Gesicht mit den Fältchen um seine dunkelbraunen Augen auf magische Weise anziehend.

Sie hatte sich verliebt. Ein prickelndes Gefühl, das sie in Finnland wiederentdeckt hatte!

»Sag mal, du und Paula, ihr habt keine Lust, mit uns die Fähre nach Deutschland zu nehmen?«, fragte Falk.

»Wieso? Du weißt doch, unsere Flüge sind gebucht.«

»Gabriel und ich hatten gehofft, auf diese Weise könnten wir den Urlaub noch um ein paar Stunden verlängern. Wir würden uns auch um die Buchung für die Fähre kümmern.«

»Ehrlich, ich habe bewusst den Flug gebucht, weil ich nicht seefest bin. Nein, also ich möchte es nicht, aber ich spreche gerne mit Paula, vielleicht will sie das Abenteuer Fähre wagen.«

Falk setzte sich neben sie. »Ich verstehe. War auch nur ein Versuch, etwas länger mit dir zusammen zu sein.« Sanft küsste er sie auf die Wange.

Simone war gerührt. Trotzdem würde sie per Flugzeug zurückreisen. »Wir können uns gern sofort nach deiner Rückkehr treffen.«

»Was hältst du davon, wenn ich von der Fähre aus zu dir komme? Ich glaube, die Sehnsucht nach dir schaltet automatisch den Turbo ein.«

»Wann genau ist deine Ankunftszeit?«

»Ich suche das für morgen noch raus, beziehungsweise ich schicke es dir aufs Handy. Somit hast du es schwarz auf weiß. Komm bitte her.« Falk zog Simone an sich und küsste sie zärtlich. »Was meinst du? Sollen wir ...?« Er ließ die unausgesprochene Frage schwingen.

Simone hatte ebenfalls Lust auf mehr, aber sie wusste auch, dass sie die liebevolle Gastfreundschaft dieses Hauses dafür nicht ausnutzen würde.

Daheim in Deutschland blieb genug Zeit, sich ganz zu erkunden. Deshalb schüttelte sie den Kopf.

Falk nickte. »Ich verstehe. Und eigentlich ist das gut so, obwohl ich dich jetzt ...«

Lächelnd legte ihm Simone ihren Zeigefinger an die Lippen. »Heben wir es uns auf. Vielleicht willst du mich im Januar gar nicht mehr.«

»Wenn du noch einmal so einen Blödsinn redest, nehme ich dir morgen den Nachtisch weg!«

Simone kicherte und ließ sich wieder küssen. Verdammt, es schmeckte nach viel mehr! Sie nahm alle ihre Vernunft zusammen und erhob sich. »Ich freue mich darauf, mit dir Weihnachten zu feiern.«

»Es ist unser erster gemeinsamer Heiligabend, und ich hoffe, es werden noch viele folgen.«

Falk steckte ihr eine blonde Haarsträhne hinters Ohr. »Weißt du eigentlich, dass ich diese kleine Locke liebe? Sie ist mir sofort aufgefallen.«

»Das ist keine Locke, es ist eher eine Welle. Sie ist ein bisschen störrisch und eigenartig und liebt ihren persönlichen Auftritt.«

»Locke oder Welle, was sie ist, ist mir wurscht. Sie gehört zu dir und ich finde sie, wie dich, höllisch attraktiv.«

Für dieses schöne Kompliment bekam Falk einen langen Kuss. Danach schlüpfte Simone aus seinem Zimmer. Auf der Treppe drehte sie sich noch einmal um. Er stand mit einem Lächeln im

Türrahmen, sandte ihr einen Luftkuss – und der landete ohne Umwege in ihrem Herz.

Während sich Simone im Bad abschminkte, seufzte sie glücklich auf. Irgendwie fühlte sie sich anders und sie glaubte, das veränderte Bild auch im Spiegel zu entdecken. Wirkte ihre Haut frischer, praller oder rosiger? Lag es an der finnischen Winterluft oder an der Liebe? Ihre strahlenden Augen verrieten die Antwort. Es waren ihre Gefühle für Falk.

Schon ewig hatte sie nicht mehr dieses Prickeln gespürt, das sich so wunderbar langsam den Rücken herunterarbeitete, dieses Kribbeln im Bauch wie kleine, fröhlich flatternde Schmetterlinge, dieses herrlich kitzelige Gefühl.

Simone bekam Sehnsucht bei dem Gedanken an Falk – und prompt meldete sich ihr Handy.

Schlaf gut, Traumfrau

las sie die mit vielen roten Herzchen dekorierte Nachricht. Sie sandte drei pinkfarbene Herzen zurück mit den Worten

Hab einen wundervollen Traum

Ein breites Lächeln im Gesicht, legte sie ihr Handy weg und schlüpfte unter die Bettdecke.

Was für ein großartiges Gefühl, verliebt zu sein! Es war wie ein schwindelerregender Rausch.

Aber ehe sie die Empfindungen weiter auskosten konnte, war sie bereits eingeschlafen.

26

Wie durch Watte hörte Paula jemanden rufen. Sie blinzelte.

»Paula, was ist los?« Es klopfte fest an die Tür.

Auweia! Sie hatte verschlafen! Zuerst setzte sie sich auf die Bettkante, atmete noch einmal tief durch und tapste anschließend zur Tür.

»Mensch, Simone, ich habe verpennt. Komm rein!«

»Guten Morgen, du Schlafeule. Eigentlich wollte ich dich zum Frühstück abholen.«

»Sag besser, Nachteule. Ich habe bis halb zwei gestrickt, ich habe mein früheres Hobby wiederentdeckt und konnte gar nicht aufhören.« Paula deutete auf den Couchtisch.

Simone trat näher. »Hey, das sieht richtig gut aus! Und der ist für Mika?«

»Genau. Eigentlich fand ich es komisch, dass er einen von mir gestrickten Schal will, es gab genügend fertige zu kaufen.«

»Das ist doch logisch. Er findet dich attraktiv, deshalb möchte er mit dir in Kontakt bleiben, ich glaube, der Schal ist nur Nebensache.«

»Meinst du?« Paulas strahlende Augen verrieten sie.

»Logo. Und du hast dich absolut in ihn verguckt.«

Paula öffnete den Mund, um etwas zu entgegnen, aber Simone winkte ab. »Lass, keine Ausrede nötig, die würde ich dir sowieso nicht abnehmen.«

Verlegen kratzte sich Paula am Kopf. »Okay, wartest du auf mich? Ich mache mich eben frühstücksfertig?«

»Ich gebe dir zehn Minuten, dann zieht es mich nach unten zu Falk.«

»Schaffe ich!«

Es wurde schließlich doch eine Viertelstunde, aber Simone hatte gewartet und überraschte Paula noch mit einer Info. »Ehe ich vergesse, es dir zu sagen: Gestern Abend, als ich schon auf dem Zimmer war, habe ich eine Nachricht von Tuurcs und Ilvis Tochter bekommen, sie sind bereits in Helsinki. Dort haben sie Freunde getroffen und sie werden heute im Laufe des Vormittags eintreffen.«

Paula war begeistert. »Hoffentlich kriegen wir das mit! Ich möchte zu gerne Ilvis Gesicht sehen.«

»Somit sollten wir das Frühstück richtig ausdehnen. Ich habe mir sowieso gedacht, wir helfen Ilvi noch in der Küche. So verpassen wir die Ankunft garantiert nicht. Und jetzt aber runter, sonst haben die anderen alles aufgegessen!«

Natürlich waren sie heute die Letzten, selbst Schnarchnäschen Wolfram saß bereits am Tisch.

Tuure und Ilvi erzählten, dass sie ihren Weihnachtsmorgen mit einem Saunagang gestartet hatten.

»Das ist bei uns in Finnland nicht unüblich und herrlich entspannend«, erklärte Tuure. »Und am frühen Nachmittag geht die Familie auf den Friedhof.«

»Familie ist gut, wir beide sind dieses Jahr allein«, seufzte Ilvi, die ihre Tochter so sehr vermisste. Sie verschwand, mit den Tränen kämpfend, in der Küche, um Pfannkuchen zu holen, während Tuure sich nochmals um Kaffee bemühte.

Simone tauschte einen wissenden Blick mit Falk. Und Gabriel zwinkerte Paula zu. Wolfram sah von einem zu anderen und verstand nichts.

Ilvi war wieder zurück. »Am Nachmittag soll es nochmals schneien. Wir werden also einen zauberhaften Heiligabend feiern können. Nur gleich muss ich in die Küche, den großen Schinken in den Ofen packen. Er heißt übrigens *Joulukinkku.*«

Paula kniff die Augen zusammen. »Ich glaube, ich werde mir diese finnischen Namen nie merken können.«

»Nur eine Frage der Übung«, versicherte ihr Tuure. »Ihr werdet heute Abend auch *Kapakala* probieren.«

»Und was ist das?«, fragte Paula.

Tuure machte ein Geheimnis daraus. »Das erfährst du nachher.«

Sie lernten noch weitere finnische Worte, die sich Paula aber allesamt nicht merken konnte. Simone, Falk und Gabriel versuchten, Tuure nachzusprechen, was nur semigut gelang, jedenfalls gab es deshalb viel Gelächter.

Es ging auf Mittag zu, als sie das Geräusch eines in die Einfahrt fahrenden Wagens vernahmen.

»Ui! Mika ist sehr zeitig! Ich hatte ihn später erwartet«, gestand Ilvi, »aber ich freue mich total. Machst du auf, Tuure?«

Ilvi und Tuure erhoben sich. Während Tuure zur Tür lief, wechselte Ilvi in die Küche. »Ich hole fix ein Leckerchen für Lumi.«

Es wurde laut an der Tür. Paula vernahm die Freude von Tuure. Er rief nach seiner Frau. »Ilvi, komm schnell her!«

»Gleich, ich hole etwas für Lumi.«

»Später! Komm, komm!«

Durch die aufgeregte Stimme ihres Mannes angelockt, schaute sie um die Ecke – und erstarrte. Dann ließ sie einen Jubelschrei los. Mutter und Tochter fielen sich in die Arme und Ilvi weinte vor Glück. Und Paula, sowieso nah am Wasser gebaut, blinzelte ein Tränchen weg.

Alle betrachteten gerührt diese Szene – mit Ausnahme von Wolfram, der Paula leise fragte: »Wer ist denn das? Ich wusste gar nicht, dass noch Besuch kommt. Ich dachte, nur Mika wäre dabei heute Abend.«

Da fiel Paula ein, dass Wolfram gar nicht eingeweiht war. Oha! Sie rettete sich in zwei Sätzen. »Ich denke mal, das ist ihre Tochter, jedenfalls der Ähnlichkeit und der Freude nach zu urteilen. Das ist dann doch eine schöne Überraschung, findest du nicht?«

»Ah ..., ja, du hast recht.«

In der Zwischenzeit hatte Ilvi auch ihren Schwiegersohn ans Herz gedrückt, nahm danach aber ihre Tochter an die Hand und zog sie zum Tisch. »Ihr Lieben, ist das nicht eine wunderbare Überraschung? Meine Tochter Marja ist doch noch gekommen.«

»Hast du nicht etwas vergessen, Liebes?«, fragte Tuure sie schmunzelnd.

Erstaunt sah Ilvi ihn an. »Was soll ich denn

vergessen haben?«

»Mich! Es ist *unsere* Tochter!«

»Und mich hat sie ebenfalls glatt unterschlagen«, meldete sich der Schwiegersohn. »Ich gehöre zu Marja und heiße John.«

Ilvi wurde puterrot. Tuure begann zu lachen und alle stimmten in sein Gelächter ein, auch Ilvi, die aber sofort wieder in Bewegung kam und freudig zwei frische Gedecke holte. »Ihr beiden habt sicherlich Hunger. Setzt euch, bitte!«

»Mit wem habe ich denn telefoniert?«, fragte Marja.

Simone hob den Zeigefinger. »Mit mir.«

Da der Platz ihr gegenüber noch frei war, rutschte Marja mit einem Erleichterungsseufzer auf den Stuhl. »In Helsinki gab es ein richtiges Schneetreiben, in diesem Fall ist das Fahren doch anstrengend.«

»Liegt denn nicht auch ordentlich Schnee in Kanada?«, wollte Falk wissen.

Die Antwort gab John. »Ja, reichlich. Wir leben in Ontario.«

»In Ontario war ich schon einmal«, erzählte Falk, »allerdings im Sommer. Und natürlich an den Niagara-Fällen, die im Winter bestimmt außerordentlich sind.«

John schüttelte bedächtig den Kopf. »Nicht unbedingt. Es kann sein, dass dort alles wetterbedingt geschlossen ist oder der Nebel so dick, dass man gar nichts sehen kann. Du bist also mit deinem Besuch in den schneefreien Monaten auf der sicheren Seite.«

»Danke für die Info. Das hätte ich nicht gedacht.«

Sie plauschten noch eine Weile, bis sich Ilvi in die Küche verabschiedete. »Der Schinken muss in den Ofen. Und ich will die Aufläufe vorbereiten.«

Marja, Paula und Simone sprangen auf, um tatkräftig zu helfen.

Tuure schlug den Männern einen Kurzausflug an den See vor. »Dann können unsere Ladys in Ruhe arbeiten. Und John liebt Schlittschuhfahren.« Tuure drehte sich zum Fenster. »Da kommt Mika! Der kann gleich mit uns zum See gehen.«

Im Küchenbereich hörte Paula nur den Namen Mika. Sofort meldete sich ihr Herz mit wildem Pochen.

Zuerst schoss Lumi heran und ließ sich von Ilvi knuddeln, um danach zu Paula zu wechseln und weitere Streicheleinheiten einzuheimsen. Und bei Simone stellte sie sich auch an.

Mika erschien in der Küche. »*Hei*«, grüßte er und sein Blick blieb länger an Paula hängen. »Ist mein Schal fertig?«

»Fast«, erwiderte Paula augenzwinkernd.

Jetzt war ihr Heiligabend perfekt. Mika war hier.

27

Als die Arbeiten in der Küche erledigt waren, gingen Paula und Simone in ihre Zimmer, um sich auf den festlichen Teil des Tages vorzubereiten.

Die Männer waren vom Seeausflug zurück, Ilvi und Tuure fuhren mit ihrer Tochter auf den Friedhof.

Schwiegersohn John blieb in der Männerrunde, die es sich vor dem Kamin gemütlich machte.

Paula nutzte die bleibende Zeit, um noch ein paar Reihen zu stricken. Das Rautenmuster war leichter als gedacht, hier kam ihr die Erfahrung zugute. Und sie strickte auch ein wenig Liebe mit ein. Die musste Mika hinterher einfach spüren!

Sie sah auf ihre Armbanduhr und legte den Schal beiseite, strich aber noch einmal liebevoll darüber. Danach zog sie sich um, frischte ihr Make-up auf und klopfte ein wenig später bei Simone, die sich ebenfalls festlich aufgebrezelt hatte.

»Hast du deine Geschenke nicht mit?«, fragte Simone erstaunt.

Paula schlug sich die Hand vor den Mund. »Vergessen! Ich hole sie eben.«

Sie huschte in ihr Zimmer zurück und holte die Tüte mit den Präsenten.

In der Reservierungsbestätigung hatte gestanden, dass man sich auch in Finnland zum Heiligabend beschenkt. Deshalb hatten Ilvi und Tuure vorgeschlagen, dass jeder eine Kleinigkeit für die Anwesenden mitbringen möge, wobei man Wert auf das Wort Kleinigkeit gelegt hatte.

Simone betrachtete ihre Geschenktasche. »Ich hatte sicherheitshalber ein paar mehr Geschenke eingepackt, sollte noch jemand dazukommen. Ich hatte gedacht, ich kann sie zu Hause immer noch verschenken, sollte ich sie nicht brauchen«, erklärte Simone.

»Ich auch!« Paula kicherte los. »Vorsicht ist schließlich die Mutter der Porzellankiste. Nun sind Mika, Marja und John dabei. Simone, unsere Gemeinsamkeiten sind schon erstaunlich. Sag mal, hast du auch mitbekommen, dass die Männer noch einige Sachen auf dem Weihnachtsmarkt gekauft haben?«

»Und ob! Wir hatten schlauerweise vorgesorgt. Aber klar, wir Frauen sind halt eben vorausschauender.« Simones Tonfall konnte man durchaus eine gewisse Genugtuung entnehmen. »Nur blöd, dass Wolfram nichts von den zusätzlichen Personen wusste.«

Paula meinte ein bisschen verlegen: »Vielleicht hat er ja vorhin auf die Schnelle noch was gebastelt.«

Unten angekommen, herrschte schon prächtige Stimmung. Der Baum war leuchtender Mittelpunkt, der Kamin knisterte und warf einen flackernden, warmen Schein in den Raum. Marja war damit beschäftigt, rings herum Kerzen anzuzünden.

Sie und ihre Eltern schienen gerade erst zurückgekehrt zu sein, denn ihre Gesichter waren noch kältegerötet.

Simonc und Paula folgten dem herrlichen Bratenduft in die Küche. Ilvi war dort wieder voll in Aktion. »Zuerst gibt es *Joulupuuro*. Mögt ihr die Schalen schon rübertragen?«

Simone und Paula schnappten sich je ein Tablett und trugen die duftende Fracht an den Holztisch, der festlich eingedeckt war. Windlichter leuchteten, umrundet von kleinen Weihnachtswichteln.

Tuure erklärte: »Diese hübschen Wichtel helfen dem Weihnachtsmann bei den Vorbereitungen. Das gehört zu unserer Weihnachtskultur.«

Ilvi bat alle zu Tisch. »Wir essen *Joulupuuro*, bei euch ist es Milchreis. In einer der Schalen ist eine Mandel versteckt. Sie ist ein Glücksbringer. Wer die findet, wird im nächsten Jahr viel Glück haben. Manche sagen sogar, die Person wird heiraten.«

Tuure wusste noch mehr beizutragen. »In einigen Familien wird vorher bestimmt, was derjenige tun muss, der die Mandel findet.«

Marja kicherte. »Das ist auch der Grund, warum sie oft unerklärlicherweise nicht auftaucht.«

Ilvi winkte ab. »So etwas haben wir nie gemacht. Wir waren immer auf der Seite des Glücks. Ich schlage vor, unsere Gäste wählen sich ihre Schale selbst.«

Wolfram rutschte vor lauter Aufregung hin und her. Paula sah ihm an, dass er unbedingt die Schale mit der Mandel finden wollte. Typisch! Aber sie war heute sehr relaxt, denn Mika saß ja in der Runde. Es ist Weihnachten, dachte sie. Wolfram ist Gast hier, wie ich auch. Also darf er nervös rumhibbeln.

Die Reihenfolge bestimmte Ilvi. »Die Mädchen fangen an. Tuure und ich nehmen die beiden Schalen, die übrig bleiben.«

Ohne zu zögern griffen Paula, Simone und Marja zu.

Ilvi schmunzelte. »Wolfram, das ist nur ein Spiel, weshalb zappelst du so rum? Also, nimm dir als erster Mann eine Schale.«

»Echt? Dann mache ich das. Ich kann Glück im neuen Jahr gebrauchen. Der Aktienmarkt soll mir Glück bringen, ich ...«

»Wooolfram!«, riefen Falk und Gabriel gleichzeitig.

Und Falk setzte hinzu: »Cool down! Wir warten. Such du dir jetzt eine aus.«

Wolframs Augen irrten über die verbliebenen Schalen. »Die!« Er zog die Hand wieder weg. »Oder lieber doch die da!« Wieder war er unentschlossen. »Nein, ich nehme besser diese hier.« Trotzdem kreiste seine Hand zaudernd.

Mika zählte ihn an. »Du, Wolfram, wir haben alle Appetit. Entscheide dich bitte sofort, ansonsten bekommt Lumi deine Schale.«

Entsetzt sah Wolfram Mika an, der ziemlich grimmig blickte. Deshalb entschied sich Wolfram endlich für einen Milchreis.

Das Löffeln begann. Und wer fand die Mandel? Mika. Er schloss die Augen. »So, ich wünsche mir was.«

Paula war ein wenig enttäuscht. Zu gerne hätte sie die Mandel gefunden, hatte sie doch einen heißen Weihnachtswunsch, der in Zusammenhang mit dem zufriedenen Mandelfinder stand.

Sie wechselten wieder zum Kaminbereich und in

die Nähe des Weihnachtsbaumes. Fotos und Selfies wurden geschossen. Wolfram hatte nun seine Nervosität abgelegt und winkte sogar lächelnd in die Kamera.

Die Bescherung stand an. Alle packten gleichzeitig aus, das Weihnachtspapier raschelte und knisterte. Zum Vorschein kamen unter allgemeinem Jubel hübsche Wichtel, Badesalz, Notizbücher, Duschlotionen, Kerzen, Handtücher, Pralinen, Kalender und Lippenpflege. Es war ein richtiges Gewusel, immer wieder sprangen sie auf und umarmten sich. Die Stimmung war ausgelassen und fröhlich.

Lediglich Wolfram schoss wieder den Vogel ab. Er überreichte jedem eine kleine dünne Schachtel.

Gabriel war der Erste, der sein Geschenk öffnete. Er starrte darauf. »Nee, echt jetzt?«

Falk war nun auch so weit. »Puh, Wolfram, das ist nicht gemäß Vereinbarung.«

Paula wusste, dass sich der Wert der winzigen Goldbarren je um die 100 Euro belief.

Simone machte ihm einen Vorwurf. »Das ist gegen die Ansage von Ilvi und Tuure. «

Wolfram lief knallrot an. »Vielleicht ist das für euch der interessante Einstieg in ein Edelmetall-Investment. Aber ich wollte euch doch allen nur eine Freude machen.« Er schluckte schwer.

Da erhob sich Tuure und umarmte ihn. »Es ist zwar nicht gemäß unserem Weihnachtsgedanken, trotzdem ist es eine ganz liebe Geste von dir. Danke sehr.«

Jeder spürte, dass Tuure bemüht war, mit dieser Aussage die Weihnachtsstimmung zu retten. Mika erhob sich zuerst und schlug ihm wohlwollend auf die Schulter. Die anderen schlossen sich an und drückten ihn.

Auch Paula überwand sich und gab ihm eine Umarmung. »Danke dir.« Und siehe da, so schlimm war es nicht, denn sie spürte Wolframs Erleichterung. »Weißt du«, raunte er ihr leise zu, »die kleinen Barren waren das Einzige, was ich in der Menge für alle hatte, ich wusste ja nichts von Marjas und Johns Besuch.«

Das schlechte Gewissen krabbelte in Paula hoch. Deshalb schob sie ihn freundschaftlich in Richtung Couch. »Setz dich zu uns, du stehst ja schon die ganze Zeit.«

Ab diesem Zeitpunkt war Wolfram mittendrin.

28

Von Mika hatte Paula einen kleinen Holzfuchs bekommen. Er hatte ihn selbst geschnitzt, das jedenfalls hatte er ihr gesagt, als er ihr sein Präsent mit einem Lächeln überreichte.

Nun saß er neben ihr – das elektrisierte sie fast. Unvermittelt fragte er, aber mehr scherzhaft: »Ist denn mein Schal bald fertig?«

Paula antwortete nicht, sondern zeigte ihm mit beiden Händen eine Länge von ungefähr fünfzig Zentimetern.

Mika gab nicht auf. »Darf ich ihn sehen?«

Diese Frage überraschte Paula. »Warum nicht, ich hole ihn.«

»Ich gehe mit, dann brauchst du nicht zweimal

zu laufen. Oder willst du das nicht?«

»Ist okay.« Glücklicherweise war das Bett gemacht und außer dem Strickzeug lag nichts auf dem Tisch.

»Wir sind gleich wieder da«, informierte Paula die anderen.

Falk musste, wie zu erwarten, eine stichelnde Bemerkung machen, und sein freches Grinsen sprach Bände. »In einer Stunde gibt es Essen, bitte die Zeit nicht vergessen.«

Fast hätte Paula sich gerechtfertigt, entschied sich aber doch, das unkommentiert im Raum stehen zu lassen.

Mika folgte ihr ins Dachgeschoss. »Jetzt sehe ich mal diese Zimmer. Hier oben war ich bisher noch nie.«

Paula brachte ihre Begeisterung zum Ausdruck. »Es ist alles sehr ansprechend gemacht. Und erst der Ausblick aus dem Fenster – ein Traum! Du musst unbedingt einmal einen Blick nach draußen werfen.«

Das tat Mika. »Ui, du schaust genau auf den Weihnachtsbaum. Und ... komm her! Aber vorsichtig.«

Langsam trat Paula zu ihm. »Schau zu dem Baum links von der Weihnachtstanne.« Er legte dabei eine Hand auf ihre Schulter und beugte sich zu ihr hinunter, um das gleiche Sichtfeld zu haben.

»Siehst du ihn?«

Paula fühlte die Wärme, die seine Nähe ausstrahlte. »Ich sehe nichts – doch! Ein Fuchs!«

Wortlos beobachteten sie ihn, wie er im Schnee rund um den Baum schnupperte. Kurz darauf war er mit mehreren Sprüngen aus ihrem Blickfeld verschwunden.

Noch immer standen sie bewegungslos. Was nun, fragte sich Paula. Am schönsten wäre es, sich umzudrehen und ihn zu küssen. Diesen verrückten Einfall schubste sie sofort wieder ins Reich der Träume und trat die Flucht nach vorn an. »Schauen wir doch mal nach dem Stück Schal.«

Diesen Ausdruck fand Mika lustig. »Stück Schal hört sich gut an.«

Paula griff ihre Handarbeit. »So weit bin ich.«

Mika nahm das bisher Gestrickte ungeschickt an der Nadel entgegen. »Es gefällt mir. Ich freue mich. Danke.«

»Ich mache das gerne. Und diese Raute ... hey, Achtung!«, schrie Paula. »Die Maschen gleiten von der Nadel!«

Es war aber bereits passiert. Erschrocken und mit sichtbar schlechtem Gewissen stand Mika unbeweglich vor ihr.

Paula nahm ihm mit äußerster Vorsicht den Schal aus den Händen und versuchte nun, die Maschen wieder aufzunehmen. »Puh, geschafft! Wenn sie zu weit runterlaufen, kann es nämlich sein, dass man den Rettungsversuch hinterher ein bisschen sieht.«

»Das wäre aber nicht wirklich schlimm. Ich hatte keine Ahnung. Es tut mir leid.« Er war das personifizierte schlechte Gewissen.

»Alles gut, wir haben es ja gerettet. Ich glaube, wir gehen jetzt auch wieder runter.«

Paula wollte sich zur Tür drehen, als Mika sie am Arm festhielt. »Sag mal, hast du morgen Zeit für mich? Ich würde dich gerne einladen, vielleicht auf eine kleine Schneetour?«

Paula überlegte kurz, während ihr Herz Purzelbäume schlug. Sie wusste, dass Simone und Falk morgen ebenfalls einen Ausflug unternahmen – zu zweit. Somit wäre Gabriel allein, aber er hatte ja einen guten Draht zu Tuure. Und John war auch hier.

»Ich glaube, das war die falsche Frage an dich«, entschuldigte sich Mika.

»Nein, nein, alles gut. Ich musste nur erst ..., eine Schneetour klingt aufregend.«

Paula sah, wie sich Mika entspannte. »Würde es dir passen, wenn ich dich um zehn abhole?«

»Das ist okay.«

Gemeinsam wanderten sie wieder ins Erdgeschoss.

Während Mika kurz mit Lumi in die Winterwelt hinausstiefelte, setzte sich Paula wieder zu den anderen.

Simone zwinkerte ihr zu und sie erwiderte es. Sie musste nur noch den richtigen Moment finden, um ihrer Freundin zu erzählen, dass auch sie morgen eine Verabredung hatte – mit dem interessantesten Mann, den sie je kennengelernt hatte. Oh yeah!

Paula erlebte einen wundervollen Heiligabend.

Der Tisch war reichlich gedeckt. Es gab geräucherten Lachs und verschiedene Salate, Steckrüben- und Kartoffelauflauf sowie in Finnland üblich, einen großen Schinken.

»Wer soll den denn essen?«, staunte Gabriel über den Fleischberg.

Die Antwort gab ihm Tuure. »Weißt du, wir Finnen lieben den Braten in den folgenden Tagen auch gern kalt aufgeschnitten.«

Und nun lernten die Gäste den von Tuure so geheim gehaltenen Begriff *Kapakala* kennen. Es war Stockfisch, den Paula an diesem Tag zum ersten Mal probierte. Er war salzig und würzig. Eigentlich ganz schmackhaft, aber sie hielt sich letztendlich doch lieber an den köstlichen Schinken. Zudem kostete sie von dem Leberauflauf, den Ilvi noch zubereitet hatte, weil ihre Tochter und ihr Schwiegersohn als zusätzliche Gäste am Weihnachtsmahl teilnahmen.

Als wenn das andere nicht gereicht hätte! Allerdings wurde zu Paulas Erstaunen an dem Abend mehr weggeputzt, als sie angenommen hatte.

Tuure spendierte zur Feier des Tages *Finlandia Vodka*, was die gute Stimmung noch einmal erhöhte.

Unter dem Tisch hatte es sich Lumi bequem gemacht, zufrieden an ihrem Weihnachtsknochen nagend.

Gegen Mitternacht verabschiedeten sich Mika und Lumi.

Paula wurde schlagartig müde. Anstandshalber blieb sie noch ein paar Minuten sitzen, um sich danach auch zu verabschieden.

»Warte, ich komme mit!«, verkündete Simone und erhob sich. »Ich habe genau die richtige Bettschwere.«

»Aber zum Abschluss müsst ihr noch einen Finlandia trinken!«, rief Tuure. Aber Paula und Simone spendeten ihren Wodka Falk und Gabriel. Sie umarmten alle und stapften danach die Treppen hoch.

Kurz bevor sie ihre Zimmer erreichten, erzählte Paula ihrer Freundin von ihrer Verabredung.

»Das freut mich für dich. Ein Weihnachtsflirt in Finnland, wäre das nicht ein wunderbarer Filmtitel?«

Paula kicherte. »Da hast du recht. Aber das ist kein Film, sondern die aufregende Wirklichkeit. Schlaf gut.« Sie umarmte Simone, die ihr auch eine gute Nacht wünschte.

Total müde und mehrfach gähnend, stolperte Paula ins Bett. Eigentlich hätte sie gern noch ein paar Reihen gestrickt, aber das war in diesem Zustand unmöglich.

Sie ließ sich auf die Kissen plumpsen und keine Minute später war sie eingeschlafen.

29

Am folgenden Morgen trafen Mika und Lumi überpünktlich ein.

Das Frühstück war gerade beendet und Lumi ergatterte zu ihrer Freude noch ein dickes Stück Wurst.

John hatte Gabriel zum Motorschlittenfahren eingeladen und gab ihm einen guten Ratschlag. »Zieh dich sehr warm an. Ich warte draußen.«

»Okay, bin gleich wieder da.« Gabriel spurtete die Treppen rauf.

Simone und Falk verabschiedeten sich.

»Bis später!«, rief Simone fröhlich. Das Glück stand ihr ins Gesicht geschrieben.

»Wir sollten uns auch auf den Weg machen«, schlug Mika vor, und als hätte Lumi das verstanden, lief sie zur Tür und setzte sich dort hin.

Paula hatte ihr Herz mittlerweile an die schlaue und liebe Hündin verloren. »Ich habe es kapiert, Lumi, ich beeile mich. Aber heute bleibst du bei Ilvi.«

Sie begab sich schnellen Schrittes zur Garderobe, schlüpfte in ihre warmen Moonboots und zog ihre hellblaue Jacke über. Bald hätte sie sogar einen selbst gestrickten Schal dazu. Schade, dass er mit Sicherheit nicht mehr in Finnland getragen würde, sondern erst in Deutschland. Nein, nicht schade! Denn hätte sie Zeit zum Stricken, würde sie keinen Ausflug mit Mika machen.

Paula kraulte Lumi hinter den Ohren, der das gut gefiel.

Danach schoss die Hündin zu Ilvi, um sich ein Leckerchen abzuholen, mit dem Ilvi gewinkt hatte. »Meine hübsche Lumi, du bleibst bei mir. Wir zwei machen uns einen schönen Tag, nicht wahr?« Der Hund bellte auf, als wolle er seine Zustimmung signalisieren.

»Lass uns losfahren«, forderte Mika Paula auf.

Und Wolfram überraschte Paula noch einmal, denn er winkte Mika und ihr zu, obwohl er einen leicht melancholischen Blick hatte. »Ich wünsche euch einen schönen Tag.«

Bis auf Gabriel waren nun alle weg.

Wolfram saß allein am Frühstückstisch und mümmelte noch sein Roggenbrot. Ilvi und Tuure waren in der Küche.

Gabriel kam, warm eingepackt, die Treppe wieder herunter.

Wolfram winkte ihn heran. »Ich muss dich kurz sprechen, Gabriel.«

Währenddessen fuhr Mika schon mit Paula durch die verschneite Landschaft.

»Was wird es denn für ein Ausflug?« Sie plagte die Neugier. »Mit Schneeschuhen oder Skiern?«

»Warte es ab«, antwortete Mika mit einem Lächeln.

»Nein! Ich möchte mich doch drauf einstellen.«

»Es ist eine Finnland-Überraschung, und die verrät man nicht.«

»Ach komm schon, rück mit Infos raus!«

Aber leider blieb Mika in diesem Punkt stur. Stattdessen interessierte er sich für ihr Leben in Deutschland. »Was machst du denn in deiner Freizeit?«

»Ich treffe mich mit Freunden, wir gehen ins Kino, zu Konzerten oder unternehmen gemeinsame Ausflüge. Die Geburtstage sind immer große Partys. Ansonsten bin ich zu Hause, schaue Filme oder Dokus, und ich bastel gerne. Ich habe einen sitzenden, ziemlich kreativlosen Job, deshalb erschaffe ich gerne etwas mit den Händen. Ich habe übrigens meine Wohnung selbst renoviert.«

»Sag nicht, du hast tapeziert.«

»Auch, aber mit Hilfe meiner Freunde. Tapezieren allein ist anstrengend. Allerdings gestrichen habe ich höchstselbst. Und du?«

»Ich treffe mich ebenfalls gern mit Freunden, allerdings nicht sehr oft. Wir sind fünf Männer, das ist immer lustig. Nur sind die vier schon verheiratet, deshalb ist die Sachlage etwas anders.«

»Das habe ich auch gemerkt. Zwei meiner Freundinnen haben geheiratet und damit haben sich die Prioritäten verschoben.«

Mika zirkelte vorsichtig in einen Seitenweg. »Es wird ein bisschen holprig. Auf dem Rücksitz liegt ein Kissen, wenn dir das zu hart für deinen Popo ist.«

»Sehe ich aus, als wäre ich die Prinzessin auf der Erbse?«

»Das nicht, aber man weiß ja nie«, feixte Mika.

Ein mittelgroßes Holzhaus kam in Sicht, davor gab es ein Gehege, in denen Rentiere standen. Neugierig drehten sie ihre Köpfe zu dem ankommenden Auto.

Paula entdeckte eine junge, ausgesprochen hübsche Frau, die auf sie zukam.

Sie stiegen aus, Mika ging ihr entgegen, umarmte und küsste sie.

Paula spürte bei diesem Anblick einen stechenden Schmerz im Herzen. War er mit dieser

Schönheit liiert? Die Befürchtung traf sie wie ein Schlag. Keiner hatte gesagt, er sei Single! Warum also hatte sie es angenommen?

Die Fremde reichte ihr lächelnd die Hand. »*Hei*, ich bin Anuk.«

»*Hei*, Anuk, ich heiße Paula. So viele Rentiere!« Sie hätte sich selbst in den Hintern treten können, zu blöd war ihre Äußerung. Aber Anuk schien das gar nicht zu bemerken, im Gegenteil, sie zeigte zum Gatter hin. »Komm mit, lass uns ein paar Tiere begrüßen.«

Paula stapfte hinter ihr her. Das lange blonde Haar quoll unter Anuks Mütze hervor und reichte bis zur Mitte ihres Rückens. Eifersucht stieg in ihr auf, wurde jedoch schnell zur Seite geschoben, denn die Rentiere nahmen ihre Aufmerksamkeit voll in Anspruch.

Anuk zeigte ihr, wie sie die Tiere streicheln sollte. »Sie sind gutmütig und friedvoll, und sie kennen Menschen. Ich habe sie schon viele Jahre.« Anuk gab Paula etwas zum Füttern in die Hand. »Damit kriegst du sie quasi rum«, scherzte sie.

Paula sah Anuk an. Zu dem blonden Haar hatte sie himmelblaue Augen. Sie war ungeschminkt – eine Naturschönheit also. Und zu Paulas Verdruss war sie zugegeben auch noch nett! Verdammt!

Mika gesellte sich zu ihnen, strich einem Rentier den Hals entlang. »Ist der Schlitten fertig?«

»Wie du dir gewünscht hast.« Anuk führte sie zu

einem roten Schlitten, vor dem zwei Rentiere auf den Ausflug warteten.

»Bist du bereit für die Tour?«, fragte Mika mit einem warmen Lächeln, in das sie sich so verliebt hatte. Kurz vergaß sie ihre Enttäuschung.

»Es kann losgehen.« Paula versuchte, sich auf das kommende Abenteuer zu konzentrieren. Mika half ihr in den Schlitten, Anuk reichte ihr eine dicke Decke. »Die brauchst du, um dich kuschelig warmzuhalten. Euch eine angenehme Fahrt und bis nachher!«

Mika griff die Zügel, und mit einem leichten Ruck setzten sich die Rentiere in Bewegung.

Kurz darauf glitten sie durch die offene, verschneite Landschaft.

Paula fühlte den eiskalten Wind in ihrem Gesicht. Wie gut, dass sie warm eingepackt war! Die Kapuze der neuen Winterjacke erlebte ihre allererste harte Bewährungsprobe. Sie zog rasch noch den Schal etwas enger um den Hals. Das sanfte Klingeln der Glöckchen an den Rentiergeschirren ließ eine märchenhafte Stimmung aufkommen, als sie durch die unberührte Natur glitten. Paula vergaß den vorherigen Herzschmerz und gab sich ganz dem Zauber dieser Schlittenfahrt hin.

Ein wenig später schlug Mika eine Pause vor. »Die Tiere können sich etwas erholen. Wir halten an einem besonderen Platz.«

Kurz darauf war eine Lichtung erreicht, von der man über eine Schneelandschaft bis zum Horizont schauen konnte.

»Na, habe ich dir zu viel versprochen?«, erkundigte sich Mika.

»Nein, es ist atemberaubend«, stimmte Paula zu.

»Finnland ist nicht nur im Winter schön, auch im Sommer hat es einen besonderen Reiz. Das Klima ist gemäßigt, es wird nie wirklich sehr heiß, meist haben wir Temperaturen um die 25 Grad.«

»Das gefällt mir. Hitze ist nicht so meins. Wenn es auf 30 Grad zugeht, fühle ich mich unwohl. Ich bin deshalb auch kein Saunatyp«, gestand Paula.

»Nein! Sag nicht, du besuchst keine Sauna«, brach es erstaunt aus Mika heraus.

Entschieden schüttelte Paula den Kopf.

»Als Alternative könntest du in den Seen schwimmen. Bei Tuure oder bei mir. Hast du schon mal Stand-Up-Paddling ausprobiert?«

»Bisher nicht, aber ich finde es interessant.«

»Wir Finnen feiern auch die Sommersonnenwende. Das ist ein besonders fröhliches Fest. Traditionen werden gepflegt, es gibt kulinarische Köstlichkeiten und das Zusammensein wird richtiggehend zelebriert.«

Paula fasste sich ein Herz. »Wo du gerade Zusammensein sagst ...« sie pausierte einen Moment, weil sie nicht wusste, welche Worte sie wählen sollte.

Also sagte sie nur eins, in der Betonung jedoch waren alle Fragen dazu versteckt. »Anuk ...«

»Anuk ist meine Freundin.«

30

Mikas Satz hallte vielfach in Paulas Kopf wider: *Anuk ist meine Freundin.* Sie schluckte und musste sich zusammenreißen, um nicht loszuheulen.

Was hatte sie sich auch gedacht? Dass er sich genauso spontan in eine Touristin verliebt wie sie in den bodenständigen Finnen? Liebe auf den ersten Blick funktionierte vielleicht bei einer Person, aber wohl äußerst selten bei zweien gleichzeitig.

Sie holte tief Luft und pustete sie aus, so als wolle sie alle Gefühle für Mika damit loswerden.

Er öffnete den mitgebrachten Rucksack und holte eine Thermoskanne heraus. »Kaffee?«

Die Trockenheit in Paulas Mund ließ sie nur nicken. Verlegen nahm sie den Becher mit dem heißen Getränk entgegen. Fast klammerte sie sich an ihn. Mika in die Augen zu sehen, vermied sie, zu groß war ihre Enttäuschung.

Sie hatte geglaubt – sie war sich sogar ziemlich sicher gewesen – dass es zwischen ihnen etwas ganz Besonderes gab, das über eine normale Freundschaft hinausgehen würde und Zukunftspotential hätte. Falsch gedacht! Augenblicklich fiel ihr obendrein das Atmen schwer.

Warum wollte er dann einen gestrickten Schal und weshalb zum Kuckuck beschäftigte er sich mit ihr? Verdammt! Er hätte sie heute nicht mitschleppen müssen, sie hatte schließlich nicht darum gebeten.

»Komm, wir setzen uns dort auf den Baumstamm«, schlug Mika vor. »Der eignet sich als improvisierte Bank.«

Während Paula ergeben durch den Schnee dorthin tapste, versorgte Mika die beiden Rentiere mit einem kleinen Snack. Das war gut, es gab ihr Gelegenheit, sich ein bisschen zu sammeln. Er kehrte zurück und setzte sich neben sie, nahm einen Schluck heißen Kaffee und schaute gedankenverloren in die Ferne.

Auch Paula blieb stumm. So saßen sie eine Weile, bis Mika sich zu ihr drehte. »Ich glaube, ich muss dir etwas erklären.«

Paula fasste all ihren Mut zusammen. »Nein, du musst mir gar nichts erklären. Du lebst hier, ich bin

Gast. Es gibt keinen Grund, mir dein Leben offenzulegen.«

Er sprach leise. »Anuk ist meine Freundin, aber anders, als du es verstanden hast. Anuk war die Frau meines besten Freundes, der vor zwei Jahren an Krebs verstarb. Ich habe ihm versprochen, Anuk unter die Arme zu greifen, wenn sie Hilfe benötigt. Ich habe ihm meine Hand darauf gegeben, so lange für sie da zu sein, wie sie es möchte. Und dieses Versprechen ist mir heilig.«

Paula blinzelte überrascht. »Aber du hast doch vorhin gesagt, sie ist deine Freundin.«

»Ist sie auch. Nur eben anders. Es ist eine platonische Freundschaft. Benötigt sie meine Hilfe auf der Rentierfarm, bin ich da. Anuk ist allerdings eine sehr taffe Frau, die fast alles alleine hinkriegt. Langsam kommt sie aus ihrem Loch heraus und findet das Leben wieder lebenswert. Aber es war eine harte Zeit.«

»Verständlich. Wenn man die große Liebe verliert ...«

»Anuk und ihr Mann waren schon im Kindergarten befreundet, das hat durch die Schulzeit und im Studium gehalten. Man könnte sagen, es war allen klar, die beiden würden einmal heiraten. Wir haben eine Riesenparty gefeiert, als es so weit war. Und kurz darauf kam dieser Scheiß Krebs.« Mika nahm noch einen Schluck. »Er war auch seit Kindertagen mein bester Freund. Und man fragt sich:

Warum gerade er?« Er schluckte schwer und seine Augen wurden wässrig. Der nächste Satz war mit leiser Bitterkeit gesprochen. »Aber darauf bekommt man keine Antwort, und ungerecht finde ich es ebenfalls.«

Paula war betroffen, denn sie spürte, wie sehr Mika das Schicksal seines besten Freundes naheging. »Das tut mir unheimlich leid.«

Mika nahm ihre Hände. »Meine enge Beziehung zu Anuk hat nichts mit meinen Gefühlen für dich zu tun, denn du hast sicher bemerkt, dass ich dich mag.«

Für eine Sekunde schloss Paula die Augen. Er fühlte auch etwas für sie! Das hatte sie sich gewünscht.

Einerseits fand sie sein Verhalten großartig – er hielt sein Versprechen. Andererseits wollte sie keinen Mann, der ständig zu einer anderen fuhr, egal aus welchem Grund. Oder dachte sie schlichtweg zu weit? Ach, warum musste immer bei ihr alles so schwierig sein? Konnte sie sich nicht einfach mal verlieben – und zack, es funktionierte? Sie bekam immer gleich ein Problem mitgeliefert. Aber das lag im Endeffekt sowieso vor! Er lebte in Finnland, sie in Deutschland. Genaugenommen bestand wenig Liebesüberlebenschance, sollte es hier einen Winterflirt geben.

Entschieden straffte sie sich. Mensch Paula, es ist Weihnachten, du bist in Finnland, du hast den ersehnten Schnee, heute begleiten dich zwei Rentiere, nimm alles mit, was dir geboten wird – und verbuche es, wenn du wieder in Deutschland bist, als magisches Wintermärchen. Denn das ist dieser Urlaub – auch ohne ihn.

»Paula?«, fragte Mika.

»Ja?«

»Alles okay? Oder habe ich dich mit irgendetwas geärgert? Du bist so still geworden.«

»Nein, alles gut.« Sie griff zu einer kleinen Notlüge. »Ich musste an Anuk denken.«

»Sie war durch den Tod ihres Mannes am Boden zerstört. Für sie ist sein Verlust jeden Tag aufs Neue eine Lücke, die sich nur schwer schließen lässt. Die Arbeit schafft sie mit links. Sie konnte schon immer zupacken wie ein Kerl. Los, lass uns zurückfahren!« Mika stand auf, hielt ihr die Hand hin und zog sie hoch. »Magst du gleich ein bisschen mit zu mir kommen? Ich zeige dir mein Haus und die Umgebung. Du kennst ja nur ein Zimmer und eine Seite des Hauses.«

»Ich komme gern mit. Sag mal, hast du noch etwas, dass ich den beiden Rentieren geben kann? Als Dank sozusagen?«

»Klar doch.«

Paula fütterte die Rentiere, die sie mit ihren schönen Augen ansahen. Ein Gefühl der Freude erfüllte sie. Danach kuschelte sie sich im Schlitten wieder in die warme Decke ein und fand die Rücktour sogar richtig romantisch.

Einmal hielt Mika unterwegs an, um ihr ein paar Hirsche in einiger Entfernung zu zeigen, dabei legte er den Arm um ihre Schulter. Anschließend fuhren sie ohne Unterbrechung zu Anuk zurück.

»Kommt bitte noch mit rein, ich habe vorhin Zimtschnecken gebacken.« Anuks Einladung begleitete ein sympathisches Lächeln.

Mika tätschelte ein Rentier. »Geht ihr zwei ruhig vor, ich bringe die Tiere eben ins Gehege.«

Ein wenig unsicher folgte Paula ihrer Gastgeberin. Im Haus duftete es herrlich nach Zimt. Anuk führte Paula in die Küche und bat sie, Platz zu nehmen. Auf dem Tisch stand, neben einem Weihnachtskranz mit Kerzen, ein großer Teller voller Zimtschnecken. Das ließ ihr schon das Wasser im Mund zusammenlaufen.

»Ich mache uns einen Tee«, verkündete Anuk und setzte geschäftig einen Kessel auf den Herd. »Magst du Kräutertee?«

Paula bejahte und beobachtete Anuk. Die langen blonden Haare umschmeichelten ihr schmales Gesicht mit den himmelblauen Augen. Sie war sehr schlank. Eine absolut hübsche Frau.

Nun sah sich Paula interessiert um. Dieser Raum strahlte Gemütlichkeit aus.

Anuk setzte sich zu ihr. »Mika und du, ihr versteht euch?«

Diese Offenheit überraschte Paula total. Aber sie

fand auch klare Worte. »Wir haben uns gerade erst kennengelernt, ich bin bei Ilvi und Tuure zu Gast. Erstaunlicherweise haben wir eine Reihe von Gemeinsamkeiten.«

»Das freut mich.« Anuk lächelte sie warm an.

»Mika hat mir von deinem Mann erzählt.«

Anuk seufzte auf. »Er fehlt mir sehr.«

Der Teekessel begann zu pfeifen. Anuk erhob sich, goss zwei Tassen auf, kehrte zurück an den Tisch und platzierte eine davon vor Paula. »Wenn man heiratet, ist man total glücklich und denkt, das geht ewig weiter – und plötzlich und unerwartet kommt diese verdammte Krankheit, die so gnadenlos wütet. Ich bin in ein elend tiefes Loch gefallen. Was mir ein wenig geholfen hat, den Verlust meines Mannes zu verarbeiten, waren die kleinen Dinge des Lebens.« Sie nippte vorsichtig an ihrem Tee. »Noch zu heiß.«

»Was meinst du mit den kleinen Dingen des Lebens?«

»Freunde, die mich auch an Tagen, als ich völlig down war, nicht allein gelassen, mir geholfen haben, die Rentiere samt Schlitten zu unterhalten, weil ich nur semigutes Wissen hatte. Es war der Job meines Mannes. Ich habe neue Hobbys gefunden, mit denen ich mich beschäftige, alles, was ein bisschen ablenkt, neben der Arbeit mit den Tieren.«

Paula nickte verstehend und Anuk sprach gleich

weiter. »Ich habe verstanden, dass die Welt sich ohne Unterlass dreht und das Leben für mich weitergeht. Es liegt in meiner Hand, wie ich es zukünftig gestalte. Und ich möchte das Lebenswerk meines Mannes weiterführen. Er hat die Rentiere so geliebt.«

»Was hast du denn für Hobbys?«

»Ich habe mit Yoga angefangen und ich stricke.«

»Nein, ehrlich? Du strickst? Ich auch!«

»Ach, echt? Erzähl!«

Und schon waren die beiden in ein Gespräch über Wolle, Schals, Mützen und diverse Muster vertieft.

Sie hörten Schritte und Mika erschien, breit grinsend. »Ah, die Ladys haben mir etwas von den Zimtschnecken übriggelassen.«

31

»Wir haben noch keinen einzigen Krümel gegessen, es war uns ein Bedürfnis, auf dich zu warten«, versicherte Anuk Mika augenzwinkernd.

Das Gespräch der drei drehte sich nun um allgemeine Themen.

Die Zimtschnecken waren köstlich und Paula griff beherzt ein zweites Mal zu, worüber sich Anuk sichtlich freute. Sie sprachen noch ein wenig über finnische Wintertraditionen und eine knappe Stunde später verabschiedeten sich Mika und Paula von Anuk.

Paula hatte einen ganz anderen Eindruck von der hübschen jungen Frau bekommen und ihre Eifersucht erschien ihr nun ziemlich lächerlich.

Mika war ein wundervoller Mann, freundlich, hilfsbereit und empathisch, obwohl sein Äußeres ein bisschen wild wirkte. Sie unterhielten sich über Rentiere und Paula schwärmte. »Ich finde, sie haben so hübsche Augen.«

Mika schaute zu ihr rüber. »Nicht nur das. Sie sind besondere Tiere, die in den extremen Bedingungen des Nordens überleben können. Ihre breiten Hufe bieten ihnen die Möglichkeit, gut auf dem Schnee zu laufen, ohne einzusinken. Du musst dir das vorstellen wie Schneeschuhe. Außerdem sind die Hufe scharf, sodass sie mit ihrem bestens ausgeprägten Geruchssinn nach Flechten unter dem Schnee suchen können. Das ist im Winter überlebenswichtig.«

»Und im Sommer?«, wollte Paula wissen.

»Da ist das Nahrungsangebot schon deutlich besser für sie. Rentiere ernähren sich von Moosen, Beeren, Kräutern, Gräsern und Blättern. Und wenn sie Wasserpflanzen erwischen, auch gerne von denen. Außerdem haben sie besondere Augen. Sie können ultraviolettes Licht sehen.«

»Ach ...«

»In der arktischen Natur ist das sehr hilfreich. Sie können so Nahrungsquellen im Schnee entdecken und auch Feinde erkennen.«

»Erstaunlich, davon habe ich noch nie gehört.«

»In Finnland gibt es viele Geheimnisse und es ist für mich ein Privileg, hier leben zu dürfen.«

»Du würdest dein Heimatland also nie verlassen?«

Mika antwortete sehr bestimmt. »Ich habe den Job meines Lebens, ich liebe meine Hündin und die Freiheit, die ich mit ihr genießen kann. Ich habe ein gutes Auskommen und kann die Natur mit all ihren Facetten auskosten. Wo bekäme ich sonst all diese Vorteile auf einmal? Ich bin happy.«

»Es ist toll, wenn man das sagen kann.«

»Kannst du das nicht?«

»Bedingt. Aber das steht auf einem anderen Blatt.« Mehr wollte Paula nicht preisgeben. Sie konnte ihm ja schlecht kundtun, dass sie sich in ihn verliebt hatte. Ihr Endziel war ganz klar eine glückliche Familie. Das wäre in jeder Hinsicht zu viel für die kurze Zeit, die sie sich kannten. Nachher dachte er noch, sie wäre so eine, die zwanghaft einen Ehemann suchte. Das musste verständlicherweise jeden abschrecken.

Sie hatten Mikas Haus erreicht.

Voller Stolz führte er sie zuerst an den Platz, den sie bereits vom Marshmallow-Lagerfeuer kannte. Danach wanderten sie um das Haus herum auf seine Terrasse. Paula war mehr als überrascht. »Ich habe gar nicht gewusst, dass auch du einen See in der Nähe hast.«

»Das letzte Mal wart ihr alle nur in der Küche. Als wir später um das Lagerfeuer auf der anderen

Seite des Hauses saßen, konnte man den See natürlich nicht sehen. Und dunkel war es ebenfalls.«

Paula schaute sich interessiert um. Viele Pflanzen und Bäume standen hier, allesamt im Winterschlaf.

Mika kommentierte ihre Blicke. »Finnland ist auch das Land der Mitternachtssonne. Es ist herrlich hier im Sommer, wenn eine leichte Brise vom See heranweht, die bunten Blumen blühen und duften. Mit Freunden an langen Sommerabenden zu grillen macht richtig Spaß, genauso wie auf den See hinauszurudern, dort ein bisschen rumzudümpeln und die Stimmung zu genießen, vielleicht mit einem Glas Wein. Einen ganz besonderen Reiz hat auch ein nächtliches Bad im See.«

Jetzt erst entdeckte Paula den alten Holzsteg, der in den See ragte. »Das kann ich mir gut vorstellen.«

»Mindestens einmal im Jahr sollte man nach Helsinki fahren, das Stadtleben einatmen, durch die Geschäfte schlendern, nett essen gehen. Da dies dein erster Finnlandbesuch ist, hast du noch nicht das Inselhüpfen in den Schärengärten kennengelernt. Eine wunderbare Erfahrung.«

»Das werde ich sicherlich machen. Ich habe vor einiger Zeit eine Reportage darüber gesehen, es spricht mich absolut an. Ich liebe das Wasser. Und Inselhüpfen in den Schärengärten klingt unglaublich gut. Aber hier ist es bestimmt auch total schön, so mitten in der Natur.« Sie hatte ein Sommerbild vor Augen. Das rote Finnenhaus mit den weißen Fensterrahmen, umgeben von blühenden Blumen und sattem Grün, einige wenige Wattewölkchen, die Sonnenstrahlen, die das Wasser glitzern ließen. Ganz spontan äußerte sie: »Weißt du, was ich hier im Sommer sehe?«

»Sag es mir!«

»Einen Schaukelstuhl! Stell dir vor, in den Sommermonaten in einem Schaukelstuhl zu sitzen, ein kühles Getränk in der Hand und der Blick auf den See. Das muss doch grandios sein.«

»Das ist es. Nur einen Schaukelstuhl habe ich nicht.«

»Hm ..., vielleicht solltest du über die Anschaffung nachdenken«, scherzte Paula, rechnete aber nicht mit seiner Reaktion.

Mika drehte sich zu ihr. Er hob ihr Kinn an und sah ihr tief in die Augen. »Wenn ich einen Schaukelstuhl kaufe, kommst du dann im Sommer wieder?«

32

»Du würdest einen Schaukelstuhl für mich kaufen?«, fragte Paula überrascht und völlig gerührt.

Mika zögerte keinen Moment mit der Antwort. »Ja.« Ohne ein weiteres Wort zog er sie an sich und küsste sie. Sein Kuss war sanft und voller Zärtlichkeit.

Trotz der Eiseskälte um sie herum fühlte Paula ein angenehm warmes Kribbeln in ihrem Bauch. Dieser Kuss hätte ewig dauern können.

Der Kuss endete so sanft, wie er begonnen hatte, und Mika sah ihr tief in die Augen, als hätte er tausend Fragen. »Lass uns ins Haus gehen.« Er nahm ihre Hand und zog sie um die Hausecke zum Eingang.

Erst jetzt spürte Paula wieder die Kälte in ihrem Gesicht, sah den Schnee, der den Bäumen und Tannen ein weißes Kleid schenkte und die Landschaft in eine Winterwelt verwandelt hatte.

Mika öffnete die massive Holztür und gleich strömte ihnen wohlige Wärme entgegen. Sie zogen die dicken Winterjacken aus und streiften die Stiefel von den Füßen.

»Geh ruhig schon durch ins Wohnzimmer, die Tür links, ich koche uns einen heißen Kakao.« Mika setzte sich sofort in Richtung Küche in Bewegung.

Paula trat ins Wohnzimmer. Mika hatte vorhin nicht zu viel versprochen, die Fenster gaben den Blick auf den gefrorenen See und sein Winterpanorama frei. Wie großartig musste das auch im Sommer sein!

Alles an diesem Raum war gemütlich. Zwei einladende Sofas, auf denen dicke Wolldecken lagen, ein Kamin und eine Bücherwand luden zum Verweilen ein. Auf dem Tisch stand ein geschmückter Mini-Weihnachtsbaum.

Sie hörte Mika in der Küche hantieren und stellte sich ans Fenster, um das Winterbild auf sich wirken zu lassen. Ein Gefühl der Geborgenheit überkam sie. Sie war bei Mika, dem Mann, der für sie Liebe auf den ersten Blick gewesen war. Alles passte in diesem Moment perfekt zusammen. Nur was wäre, wenn ...

Den Gedanken konnte Paula nicht zu Ende führen, denn Mika kam mit zwei dampfenden Tassen Kakao zu ihr und überreichte ihr eine. »Mit Liebe gekocht.«

Bei diesem Satz schmolz Paula dahin. Vorsichtig nahm sie einen Schluck. »Das schmeckt man.«

»Wenn du ganz hinten auf den See schaust, siehst du eine dunklere Stelle.«

Paulas Augen suchten kurz, dann hatte sie den Punkt gefunden. »Jetzt weiß ich, was du meinst.«

»Es ist eine ganz kleine Insel. Man kann an warmen Tagen einen Picknickkorb packen und dort einige Zeit verbringen. Wenn du im Sommer kommst, um im Schaukelstuhl zu sitzen, können wir einen Ruderausflug dorthin machen.«

»Ich besuche dich, wenn du einen Schaukelstuhl hast, versprochen.«

»Bleibst du noch ein bisschen, Paula? Ich heize uns den Kamin an, ja?«

Paula stimmte zu und beobachtete ihn, während er das Holz sorgfältig in den Kamin schichtete. Dieser Mann faszinierte sie. Seine Bewegungen waren eine Mischung aus Kraft und Geschmeidigkeit. Breite Schultern, starke Arme, die sie unter seinem Pullover erkennen konnte, verstärkten den Wunsch, ihm nahe zu sein.

Paula nippte an ihrem Kakao. Der süße, warme Geschmack und das Knistern der Holzscheite sorgten dafür, dass sie sich wohlfühlte.

Mika schloss den Kamin und drehte sich zu ihr. »Komm, wir machen es uns auf der Couch gemütlich. Auch von hier aus kannst du aus dem Fenster schauen.«

Paula setzte sich neben ihn.

»Ich möchte dir etwas sagen, Paula.«

»Schieß los!« Ihr Herz hämmerte in ihrer Brust.

Mika nahm ihre Hände. Selbst diese kleine Geste ließ ihren Körper bereits reagieren, eine angenehme Wärme durchströmte sie.

»Ich bin froh, dass du bei mir bist«, begann er. »Als ich dich das erste Mal gesehen habe, war ich hin und weg, obwohl du gut eingemummelt warst. Es war deine nette Art, als wir uns begrüßt haben, deine schönen Augen und dein Lächeln.«

Paula blieb stumm.

Mit Besorgnis sah er sie an. »Hab ich dich jetzt geschockt?«

»Im Gegenteil. Ich habe es ähnlich wie du empfunden.«

Da entspannten sich Mikas Gesichtszüge und er holte tief Luft. »Das habe ich mir gewünscht.«

Für einige Momente blieben beide stumm. Wie soll dies weitergehen, fragte sich Paula – mit satten mehr als 2.000 Kilometern zwischen ihnen? Ein Finne, warum musste sie sich ausgerechnet in einen Finnen verlieben?

Sie blickte ihm in die Augen, in denen sich eine Mischung unterschiedlicher Gefühle widerspiegelte. Paula las aus ihnen Zuneigung und zugleich Besorgnis. Sanft küsste er ihren Nacken. »Da du für mich das Gleiche fühlst, fällt mir etwas ein.«

Paula schloss für einen Moment die Augen, um diese zarte Berührung vollständig auszukosten.

»Was hältst du davon«, sagte er mit leiser Stimme, ihr dabei zärtlich über die Wange streichend, »wenn wir von deinen restlichen Urlaubstagen noch viel gemeinsam verbringen?«

»Das wäre wundervoll.«

»Und im neuen Jahr treffen wir uns alle zwei Monate. Einmal komme ich zu dir, dann du zu mir. Und wenn wir uns in einem Jahr noch so mögen wie heute, wanderst du zu mir nach Finnland aus.«

Paula stockte der Atem. Sie konnte es gar nicht glauben. War das tatsächlich ihr ganz persönliches Wintermärchen? War es die Finnland-Magie oder Mika selbst? Sie wusste nur, dass sie in diesem Moment nahezu wunschlos glücklich war, obwohl sich viele Barrieren in Sichtweite auftürmten.

»Du sagst gar nichts«, hörte sie Mika.

»Ich kann es gar nicht glauben, dass wir zwei ... und ja, es ist eine großartige Idee!«

»Allerdings gibt es eine Voraussetzung, damit ich kommen kann.«

»Raus damit!« Was konnte es sein, fragte sich Paula. Jetzt kam der Pferdefuß – war blöderweise bei ihr des Öfteren so.

»Darf ich Lumi mitbringen, wenigstens jedes

zweite Mal? Ich mag sie nicht lange allein lassen.«

Paula atmete erleichtert auf. »Selbstverständlich. Sie ist bei mir herzlich willkommen. Ich wohne zwar nicht so abgeschieden wie du, aber doch ländlich. Lumi wird sich dort wohlfühlen.«

Es schien, als habe Paula damit eine wichtige Hürde übersprungen. Ab diesem Moment war Mika ganz gelöst. In den nächsten zwei Stunden waren sie einfach glücklich. Sie redeten viel und küssten reichlich.

Paula sah auf ihre Armbanduhr und bat ihn schweren Herzens, sie wieder zurückzubringen. Das Abendessen wollte sie mit den anderen einnehmen, das gehörte sich so.

Happy erreichten die beiden Ilvis und Tuures Haus. Das warme, einladende Licht strahlte wie am ersten Tag durch die Fenster, die Eiszapfen auf dem schneebedeckten Hausdach schienen zu glitzern, sie zu empfangen, genauso wie der prächtig geschmückte und leuchtende Weihnachtsbaum.

»Diesen Anblick habe ich sofort gemocht.« Paulas Augen glänzten.

Mika stimmte ihr zu. »Es ist sehr einladend. Und wenn noch unsere Nordlichter über den Dächern tanzen ...«

»Die habe ich auch schon gesehen. Phänomenal!«

Plötzlich spurtete Lumi aus dem Haus. Voller

Vorfreude sprang sie bellend um das Auto. Mika öffnete die Tür und hatte ab diesem Augenblick nur Augen für seine geliebte Hündin, die er knuddelte.

Paula stieg aus und beobachtete die Szene mit einem Lächeln. Was für ein wunderbarer Mann – und der hatte ihr eine gemeinsame Zukunft in Aussicht gestellt!

Ihr Herz lief über vor Glück und sie umarmte die in der Haustür stehende Ilvi liebevoll.

Ilvi bat Mika herein. »Das Essen ist gleich fertig. Komm, iss mit uns! Und Lumi wird auch satt.«

Das ließ sich Mika nicht zweimal sagen.

Und kurz darauf erlebte Paula eine völlig unerwartete Überraschung.

33

Während das Fleisch die letzten Minuten im Ofen vor sich hinbrutzelte, bekamen die Gäste, die sich um den Weihnachtsbaum und Kamin versammelt hatten, einen Aperitif.

»Hier ist unser *Sahti.*« Tuure kam mit Bierflaschen heran. »Es ist ein traditionelles finnisches Bier. Hoffentlich schmeckt es euch.«

Und das tat es.

»Speziell, aber total gut«, äußerte sich Gabriel als Erster.

»Es ist Wacholder drin und eine finnische Backhefe. Das macht den Geschmack aus. Zu Festtagen trinken wir dieses Bier sehr gerne.«

»Und davon kriegt Wolfram jetzt nichts ab«,

haute Paula raus. »Wo ist er eigentlich?«

Simone drehte sich zu ihr. »Ach herrje, du weißt es ja noch gar nicht.«

»Was weiß ich nicht?«

»Wolfram ist abgereist.«

Paula stutzte. »Nee, ne? Aber warum das denn? Ich hatte gerade gestern das Gefühl, er groovt sich ein bisschen bei uns ein.« Sie konnte es nicht fassen.

Gabriel übernahm die Erklärung. »Er hat sich spontan entschlossen, an einem Kommunikations-Workshop teilzunehmen, der zwischen Weihnachten und Neujahr auf Madeira stattfindet – mit Silvesterbüffet. Er fliegt also von Deutschland aus direkt weiter.«

Paula betrachtete ihr Bier, während sie überlegte, was sie darauf antworten sollte. Ein ganz klein bisschen tat ihr Wolfram leid, aber die Erleichterung überwog doch ein wenig. »Na, dann wünschen wir ihm mal viel Erfolg.«

»Er ist sofort heute Morgen nach dem Frühstück aufgebrochen. Jedenfalls will er sich mal bei Falk und mir melden, wie es ihm denn so auf Madeira ergangen ist.«

Tuure äußerte sich dazu. »Trotz seines gewöhnungsbedürftigen Verhaltens hat er keine Rückzahlung verlangt und sich sogar ausdrücklich für unsere Gastfreundschaft bedankt, das muss ich sagen.«

Mika legte den Arm um Paulas Schulter und damit war Wolfram verdrängt.

Das Essen war wie immer vorzüglich, die Gemeinschaft sorgte für gute Unterhaltung und Spaß, es gab viel zu lachen, und sie lernten noch ein weiteres finnisches Getränk kennen.

Tuure holte kleine Gläser. »Nun probiert bitte *Lakka*. Das ist ein Digestif aus Moltebeeren, den wir Finnen gern zu Weihnachten trinken. Der Likör hat einen Alkoholgehalt von über 20 Prozent.«

Sie hoben die Gläser und kosteten.

»Süß«, legte sich Paula fest.

»Fruchtig«, fand Simone.

»Die Bernsteinfarbe ist sehr ansprechend«, kommentierte Gabriel.

Als Mika entschied, nach Hause zu fahren, zog sich Paula noch einmal an und brachte ihn mitsamt Lumi zum Auto. Als Belohnung dafür bekam sie einen langen Kuss.

»Ich komme morgen und hole dich ab. Wollen wir wieder einen kleinen Schneeausflug machen?«

»Gern. Das hat mir gefallen.«

Paula winkte ihm nach, bis der Wagen mit ihm und Lumi um die Ecke verschwunden war.

Aus Spaß und Freude ein paar Atemwölkchen in den dunklen Himmel schickend, schlenderte sie gedankenvoll ins Haus zurück.

Dort erwartete sie Simone. Ihre Augen spiegelten Neugier pur. »Was ist heute passiert? Dir dringt das Glück aus allen Poren.«

»Ach, Simone, ich bin verliebt! Und das Beste ist, dass meine Gefühle erwidert werden.«

Simone fasste sie unter. »Komm, wir wünschen den anderen Gute Nacht und gehen hoch. Du musst mir alles brühwarm berichten!«

Wenige Minuten später saßen sie bei Simone auf der Couch und Paula erzählte offen von Anuk und ihrer anfänglichen, unbegründeten Eifersucht, berichtete von seinem Haus mit dem herrlichen Ausblick auf den See und auch von ihrer Annäherung. »Und ich gestehe dir etwas. Für mich war Mika Liebe auf den ersten Blick. Simone, ich habe so was noch nie erlebt! Es hat mich getroffen wie ... wie ...«

»Wie ein Blitz, wie ein Hammerschlag, wie ein Pfeil mitten ins Herz, wie aus heiterem Himmel, wie ein Funke im Dunkeln«, vollendete Simone den Satz ihrer Freundin amüsiert. »Such dir was Passendes davon aus.«

»Alles. Genau so!« Paula seufzte auf. »Ach, Simone, ich bin unrettbar verliebt. Und das Beste: Es beruht auf Gegenseitigkeit.«

»Und wie geht es für euch weiter?«

»Mika hat einen aufregenden Vorschlag gemacht.« Sie berichtete von der Zwei-Monats-Regel.

Simone zog die Stirn kraus. »Ui, das wird aber knapp für dich.«

»Wieso?«

Na, ist doch logisch! Du hast doch nur dreißig Tage Urlaub. Alle zwei Monate bedeutet sechsmal im Jahr. Wenn du dafür nur eine einzige Woche einplanst, sind wir bei fünf Arbeitstagen mal sechs, gleich dreißig. Es wäre noch nicht mal ein längerer Sommerurlaub drin, es sei denn, du versuchst, alle Brückentage zu erwischen. Aber ob deine Kollegen das mitmachen? Die denken sicherlich genauso über attraktive Brückentage nach.«

Paula starrte Simone an. Verdammt, sie hatte recht! »Auaha! Das ist ein Argument – darüber habe ich in meiner Euphorie gar nicht nachgedacht.« Sie schlug sich mit beiden Handflächen an die Wangen, die vor Aufregung warm wurden. »Oje, das muss ich Mika wohl sagen.«

Simone versuchte, zu trösten. »Ach, weißt du, wo ein Wille ist, ist auch ein Weg. Das wird sich ergeben.«

Somit hatte Paula viel nachzudenken, als sie in ihr Zimmer ging. Auf dem Bett entdeckte sie einen Umschlag. Nanu?

Sie griff das Kuvert und öffnete es. Zuerst sah sie auf die Unterschrift. Wolfram! Och nee! Was wollte er denn? Trotzdem war sie neugierig auf seine Zeilen.

Liebe Paula,

wie du schon mitbekommen hast, bin ich heute abgereist.
Ich denke, es war die richtige Entscheidung. Ich bin jetzt ziemlich gespannt auf diesen Madeira-Workshop.
Und übrigens, sorry, wenn ich dich blöd von der Seite angequatscht habe.

Wolfram

P.S. Ich bin dir aber gern behilflich, solltest du mal in Aktien investieren wollen.

Die Handynummer hatte er auch noch dazugeschrieben.

Paula lachte laut auf. Typisch Wolfram. Sie legte den Brief beiseite.

Ihre Gedanken sausten zu Mika und den unglaublichen Ereignissen an diesem Tag. Sie war wie in einem Taumel, einerseits vor Glück, dass Mika ihre Gefühle teilte und eine mögliche Zukunft vor ihnen lag, andererseits eine Herausforderung, auf die sie Simone aufmerksam gemacht hatte.

Die Zwei-Monats-Regel musste überarbeitet werden! Die Tatsache, dass ihre Urlaubstage nicht ausreichen würden, um übers Jahr zu kommen, dämpfte ein wenig ihre Euphorie. Dennoch war sie überzeugt, dass ihre junge Liebe und ihr gemeinsamer Wunsch diese harte Nuss knacken würden.

Ein Problem wäre die Sprache, die ihr so fremd erschien und das nächste ein Job, sollte sie nach Finnland übersiedeln. In einer Bank bekäme sie mit Sicherheit keine Stelle. Aber so erstrebenswert wäre das sowieso nicht. Allerdings wäre das die letzte Frage, die sie sich stellen müsste – eine ganze Reihe anderer hatten höhere Priorität.

Noch einmal stellte sie sich ans Fenster und schaute hinaus in die traumhafte Winterlandschaft. Finnland, bist du mein Glück? Jedenfalls würde sie Finnland immer mit einem Schneemärchen verbinden, egal, wie sich das folgende Jahr entwickelte.

Da war er wieder, der kleine Fuchs! Und so plötzlich, wie er erschienen war, war er auch schon verschwunden. War das ein gutes Omen? Sie hatte ihn gemeinsam mit Mika gesehen.

Mit einem Lächeln kuschelte sich Paula ins Bett. Morgen müsste sie Mika erzählen, dass ... und schwupp, war sie eingeschlafen.

34

Der zweite Weihnachtstag startete wieder mit einem gemütlichen Frühstück.

Falk und Simone waren bereits in der Sauna gewesen und planten, noch einmal gemeinsam Schlittschuh zu fahren.

Tuure hatte Gabriel und John zum Eisfischen eingeladen. »Zieht euch bitte warm an, denn wenn man lange still sitzt, wird einem schnell kalt. Denkt an dicke Socken! Einen Eisbohrer und die Angelruten habe ich, genauso wie kleine Sitzgelegenheiten. Wir werden die Ruhe und die Natur förmlich hören können.«

Gabriel freute sich. »Das interessiert mich schon länger.«

Und John war begeistert. »Yes! Tuure und ich wollten das jeden Winter, wenn ich hier war, aber irgendwie kam immer etwas dazwischen.«

Marja plante ein paar kostbare gemeinsame Stunden allein mit ihrer Mutter.

Bevor Paula abgeholt wurde, frage Ilvi: »Bleibt es denn morgen dabei, dass wir beide zusammen zum Handarbeitsklub gehen oder verbringst du die Zeit lieber mit Mika?«

»Ich habe mich darauf gefreut, mit dir euren Klub zu besuchen. Es interessiert mich sehr.«

»Prima! Nimm doch bitte deinen Schal mit, den du für Mika strickst. Wie weit bist du denn?«

Aber Ilvi erhielt keine Antwort mehr, denn Mika traf ein, um sie abzuholen, und sie bat: »Ilvi, wir sprechen später darüber, ja? Wir wollen einen kleinen Schneeausflug machen.«

Mika strahlte sie an, als sie auf sein Auto zukam. Sie konnte kaum fassen, wie attraktiv er war! Ihr Herzschlag beschleunigte sich. Sie glitt auf den Beifahrersitz, drehte sich zu Lumi um und streichelte das liebe Hundegesicht.

»Ja, und ich?«, fragte Mika.

Paula gab ihm einen Kuss.

»Lumi kommt heute mit uns«, informierte sie Mika. »Wir machen nur einen kleinen Rundkurs, danach essen wir bei mir einen Auflauf. Ich habe ihn schon vorbereitet. Ist das okay für dich?«

»Ist es.« Ihr war alles recht, Hauptsache, Mika war an ihrer Seite.

»Wie war deine Nacht?«, wollte er wissen.

»Ich habe an dich gedacht und bin happy eingeschlafen.«

Mika strich ihr über die Wange. »So ist es gut.«

»Du, wir sollten heute keinen Gewaltmarsch machen. Ich bin ehrlich, ich habe noch ein bisschen Muskelkater vom letzten Mal«, gestand Paula ein.

»Wir gehen die Sache langsam an, keine Sorge. Ich habe auch eine Route ausgesucht, die Lumi problemlos mitlaufen kann. Also ist sie nicht allzu schwer und hat keine großen Steigungen. Alles im machbaren Rahmen.«

Sie erreichten einen Parkplatz, auf dem bereits andere Autos standen. Ein Pärchen startete gerade und winkte ihnen.

Mika öffnete den Kofferraum und holte Schneeschuhe heraus.

»Oh ... wir gehen nicht nur spazieren, wir haben Schneeschuhe.« Paula klatschte vor Freude in die Hände.

Kurz danach waren sie unterwegs. Der Rundkurs war tatsächlich easy. Sie begegneten einer Reihe von Leuten, das hatte Paula gar nicht erwartet.

»Diese Strecke ist sehr beliebt«, nahm Mika ihr die Frage vorweg.

Lumi lief neben und vor ihnen her, schnupperte

hier und da und Paula gefiel das. Das schöne Gefühl ließ sich gar nicht richtig greifen. Es schien, als gehörten Mika und Lumi schon lange zu ihr, dabei war alles ganz frisch und der Ausgang dieser Liebesgeschichte letztendlich unsicher.

»An was denkst du?«, erkundigte sich Mika.

»Ich genieße die Zeit mit euch beiden, und ich habe mich gefragt, wie wohl alles mit uns weitergehen wird, wenn ich wieder in Deutschland bin und du hier in Finnland. Wird uns die Unterschiedlichkeit unserer Leben erst dann richtig bewusst?«

»Mach dir gar keine Gedanken.« Er hielt an und nahm sie in die Arme, obwohl die Schneeschuhe ein bisschen dabei störten. »Wenn man verliebt ist, reist das Herz des anderen doch mit. Allein ist man nicht. Und man kann auch kleine Wunder vollbringen.«

Paula lehnte sich an seine breite Brust.

Mika fand die richtigen Worte. »Lass uns das Jetzt leben. Wir sind zusammen. Alles Weitere wird sich finden.«

Lumi drängte sich dazwischen und schaute zu beiden hoch.

»Siehst du, Lumi sieht das ebenfalls ganz positiv«, schätzte Mika die Lage augenzwinkernd ein und streichelte seine treue Begleiterin.

»Du hast recht«, stimmte Paula zu. »Heute ist heute. Ich stelle meine Unsicherheiten beherzt an die Seite.«

»Glaub mir, wenn es mit uns läuft, finden wir eine Lösung.«

Die Runde war beendet und sie fuhren zu Mika. Er schob den bereits vorbereiteten Auflauf in den Ofen. Während der Garzeit tranken sie einen heißen Kakao. Lumi hatte sich seitlich des Kamins schlafengelegt.

Mika überraschte sie. »Was hältst du denn davon, wenn ich dir Finnisch beibringen würde?«

Paulas Herz hüpfte. Hatte sie einen winzigen Zweifel gehegt, war dieser nun hinweggefegt. »Versuchen wir es. Was heißt denn: Ich liebe dich?«

»*Minä rakastan sinua.*«

»Ah ja ...«

Nach dem Essen kuschelten sie sich auf die Couch. Die Flammen im Kamin tanzten und spendeten Behaglichkeit, als würden sie sich mit ihnen freuen.

»Es ist total schön, bei dir und Lumi zu sein«, raunte Paula leise.

»Du passt perfekt zu uns.« Mika strich ihr eine Haarsträhne aus dem Gesicht und küsste sie sanft. Seine Hände wanderten über ihren Körper und Paula fühlte ein wohliges Kribbeln. Sie genoss seine Berührungen mit allen Sinnen.

Er flüsterte ihr ins Ohr. »Bist du bereit für ein Abenteuer?«

Eine Millisekunde rasten Gedanken von Konventionen durch Paulas Kopf, die sie aber zur Seite schob. »Und wie ich das bin.«

Mika stand auf, hob sie hoch und trug sie in sein Schlafzimmer.

Paula schlüpfte in Ilvis und Tuures Haus. Schnell zog sie ihr Winteroutfit aus, als sie Simone allein vor dem Kamin sitzen sah.

Sie huschte zu ihr. »Hallo Simone, wo sind denn die anderen?«

»Die sind draußen, Fische ausnehmen, die John, Gabriel und Tuure beim Eisfischen gefangen haben. Das ist nichts für mich.« Sie sah Paula ins Gesicht. »Aber was ist mit dir? Du glühst ja! Ist das Alkohol oder die Liebe?«, scherzte sie.

Paula schaute etwas verlegen zu Boden.

»Ich verstehe! Du traust dich was!«

»Na, du bist gut! Du und Falk, ihr habt doch sicherlich ...« Paula ließ den Rest des Satzes unvollendet.

Simone schüttelte den Kopf.

»Nein?«, fragte Paula, fast verstört.

»Nein, wir sind hier zu Gast. Das bleibt, bis wir zu Hause sind. Das ist völlig okay. Und es sind ja nur noch ein paar Tage. So steigt wenigstens die Vorfreude. Aber sag mal, warum ist Mika denn heute nicht hier?«

»Er hat einiges an Schriftkram zu erledigen, der

liegengeblieben ist, weil ich dazwischengekommen bin.« Nach diesem Satz musste Paula selbst kichern. »Und ehe du fragst, morgen sehen wir uns nicht. Er fährt Anuk helfen und ich bin mit Ilvi in ihrem Handarbeitsklub.«

»Du willst also ein paar finnische Maschen lernen.« Simone griente.

»Genau. Und weißt du was? Ich freue mich total darauf.«

In diesem Augenblick kam die Gesellschaft mit den bratfertigen Fischen wieder ins Haus und das sehr persönliche Gespräch zwischen den beiden endete.

35

Auf der Fahrt zum Handarbeitsklub am folgenden Nachmittag wurde Paula erst einmal umfassend von Ilvi informiert. »Dieser Klub besteht schon lange Jahre. Es wird ein breites Sortiment gehandarbeitet. Von wärmenden Decken über Pullover, Schals, Mützen, Strümpfe und Handschuhe ist alles dabei. Einige von uns sticken auch. Wir treffen uns alle vierzehn Tage, immer reihum. Heute fahren wir zu Aada. Es ist nicht sehr weit.«

Das stimmte, denn nach ungefähr zehn Minuten tauchte vor ihnen ein Haus auf.

Es hätte mit seinem steilen Dach, an dem Eiszapfen hingen, in ein Bilderbuch gepasst. Aus dem Schornstein stieg eine Rauchsäule empor, die

Paula suggerierte, es brannte ein wärmender Kamin. Nahe der Haustür befand sich ein großer Holzstapel. Hier loderte mit Sicherheit oft ein gemütliches Feuer. Die beleuchteten Fenster waren mit verschiedenen Dekorationen versehen wie Strohsternchen und flackernden Windlichtern. Kleine Weihnachtswichtel schienen sie bereits freudig zu erwarten.

Die Haustür öffnete sich und eine Frau in Ilvis Alter erschien. Sie trug einen in mehreren Rottönen gestrickten Pullover. Ihr weißes Haar war locker hochgesteckt. Aada war Paula sofort sympathisch.

Nachdem sie sich aus ihren warmen Jacken geschält hatten, wurde Paula der Handarbeitscrew, die sich bereits um einen ovalen Tisch versammelt hatte, vorgestellt. Paula wurde von jeder einzelnen Frau herzlich willkommen geheißen. Sie fühlte sich auf Anhieb wohl. Auf dem Tisch lagen Strick- und Häkelnadeln, verschiedenfarbige Wollknäuel und auch Stickmaterial, denn eine der Damen stickte an einer Kissenhülle.

»Da wir nunmehr vollständig sind, hole ich uns Tee, Kaffee und meinen selbstgebackenen Pflaumenkuchen.« Diesen Satz von Aada musste Ilvi ihr allerdings übersetzen. Kurz darauf duftete es herrlich nach frischem Kuchen, den Aada heiß aus dem Ofen holte. Er musste noch etwas auskühlen, danach gab es ihn mit Zimt bestreut lauwarm auf die

Teller. Ein Genuss!

Der Nachmittag wurde lustig, denn Ilvi leistete mehr Übersetzungsarbeit, als dass sie zum Stricken kam. Ein Teil wurde aber auch durch Gesten erklärt und Paula lernte sogar ein kompliziertes Muster, allein durch das Nachstricken. Sie notierte sich viele Dinge. Zum Ende des Treffens hin war sie richtig happy, kehrte mit vielen neuen Eindrücken und gefühlten zwei Kilo mehr zurück, den Bauch voller Pflaumenkuchen und Kaffee.

Den Abend verbrachten alle vor dem Kamin und dem Weihnachtsbaum, nachdem Ilvi noch Braten aufgeschnitten und eine Lauchsuppe mit frischem Brot serviert hatte. Paula verabschiedete sich als Erste in ihr Zimmer, wollte sie doch das neue, komplizierte Muster ausprobieren. Es würde sich sicherlich wunderbar in Mikas Schal machen!

Mit ein bisschen Anstrengung und Lesen der Notizen bekam sie es hin, musste aber feststellen, dass dies nichts für einen Männerschal war. Schade. Also ribbelte sie schweren Herzens das bisher Gestrickte wieder auf. Eine Stunde Arbeit umsonst, allerdings nahm sie das als Lernerfolg für sich. Dieses Muster konnte sie nun.

Die Tage bis Silvester verbrachte sie meist mit Mika, der sie mit der Gegend vertraut machte. Sie kannte nun den Weg von ihm aus zu Ilvi und Tuure genauso wie zu Anuk. Auch Aadas Haus würde sie wiederfinden. Mika hatte eine angenehm ruhige Art, ihr Wissen zu vermitteln.

Die Fahrt am Tag vor Heiligabend in die Stadt zum Weihnachtsmarkt war ihr lang vorgekommen, aber jetzt wusste sie die Entfernungen einzuordnen. Man fuhr um die zwanzig Minuten von Mika aus, um die Altstadt zu erreichen.

Dort schlenderten sie Hand in Hand am Fluss entlang, der von einer dünnen Eisschicht bedeckt war. Die letzten Reste der tiefstehenden Wintersonne ließen diese Schicht unglaublich glitzern. Die Äste der Bäume, die sich zum Fluss hin beugten, waren von Frost überzogen, sie wirkten kristallin.

Mika blieb stehen. »Wenn du ganz leise bist und lauscht, kannst du das sanfte Plätschern des Flusses unter der Eisschicht hören.«

Und tatsächlich, Paula nahm es wahr. »Ganz toll«, kommentierte sie und lehnte sich mit einem tiefen Glücksgefühl an ihn.

Sie betrachteten das winterliche Szenario. Mika schlug vor, langsam zurückzugehen. »Wir gönnen uns ein Essen in einem netten Restaurant in der Altstadt.«

In der Zwischenzeit war es dunkel und somit auch kälter geworden. Die den Flussweg säumenden Laternen ließen den Schnee in ihrem Lichtkreis golden schimmern.

Die Altstadt kam erneut in Sicht. Paula erinnerte sich an ein Bilderbuch, dass sie seinerzeit als Kind geliebt hatte. Darin hatte sie die kleinen Häuser und ihre dick verschneiten Dächer mit den Eiszapfen immer wieder mit großen Kinderaugen angesehen, denn diese Schneemengen, die im Buch gezeichnet waren, faszinierten sie.

Das Restaurant sandte ihnen mit dem warmen, nach außen dringenden Lichtschein eine Einladung. Es war gut besucht, aber sie fanden einen Tisch sogar mit Blick auf die Altstadtgasse.

Während sie auf ihr Essen warteten, hatte Mika seine Hand auf ihre gelegt. »Wir schaffen das, Paula, wir schaffen das. Ich bin ganz zuversichtlich.«

Und das zeigte er ihr auch, wenn sie gemeinsam bei ihm waren. Sie zelebrierten ihre junge Liebe ausgiebig.

Die Zeit verrann, der Silvestertag war angebrochen. Morgens strickte Paula in Eile noch die letzten Reihen an Mikas Schal. Sie betrachtete ihn kritisch, aber er war gelungen. Was würde er wohl sagen?

Heute Abend hatten sie einen größeren Kreis. Neben Mika und Lumi kamen noch Anuk und auch die verwitwete Aada sowie ein guter Freund von Tuure, ebenfalls verwitwet.

»Aada ist das erste Jahr hier bei uns. Ihr Mann ist

im Februar verstorben und ihre Kinder wohnen nicht in der Nähe. Deshalb wird Aada die Verabschiedung des alten Jahres und die Begrüßung des neuen mit uns feiern. Und die liebe Anuk schaut auch das erste Mal zu Silvester wieder aus ihrem Schneckenhaus.«

»Das ist unglaublich nett von euch«, fand Paula und nahm sich vor, genauso empathisch zu werden wie ihr Gastehepaar.

Simone und Paula halfen Ilvi bei den Essensvorbereitungen, die zuallererst einen karelischen Eintopf aus verschiedenen Fleischsorten ansetzte, der mehrere Stunden Schmorzeit benötigte.

Paula schnitt reichlich Zwiebeln. »O nee, die beißen aber!« Sie blinzelte und eine Träne rann aus ihrem Augenwinkel.

Simone kicherte, während sie Schälchen mit Rote Beete und Gewürzgürkchen arrangierte. »Einer muss eben dran glauben!«

Zu gerne schnitt Paula später die Kartoffeln für den Kartoffelsalat in Würfel.

Ilvi bereitete noch Lachs und Hering vor und Paula sog begierig alle Handgriffe ihrer Gastgeberin auf. Von den Heringsfilets schnappte sie sich ein Stückchen und verspeiste es. Sie konnte nicht widerstehen.

Ilvi schmunzelte. »Schmeckt er?«

Paula leckte sich einen Finger ab. »Exquisit!«

Am frühen Nachmittag erschien Mika mit Lumi.

Paula nahm ihn mit hoch in ihr Zimmer, um ihm den Schal zu schenken. »Ich hoffe, er gefällt dir.« Ihr Herz klopfte heftig.

»Es ist der schönste Schal der Welt von der schönsten Frau der Welt gestrickt.«

Den Vormittag über hatte es kräftig geschneit, trotzdem hatte für eine halbe Stunde noch einmal die Sonne die Oberhand gewonnen. Finnland präsentierte sich am letzten Tag des Jahres mit einer funkelnden Schneepracht.

»Ich habe Schnee schon immer gemocht, aber jetzt liebe ich ihn.« Paula sah mit großen Augen durchs Fenster.

Mika trat zu ihr und flüsterte ihr ins Ohr: »Ich denke, du liebst mich.«

»Auch. Ach, ich liebe hier so ziemlich alles. Und dich am meisten. Und Lumi.«

Das Silvesterfest begann, als Aada, der Freund von Tuure und auch Anuk eingetroffen waren. Sie starteten mit einem Glögi. Alle waren bester Laune und es war stets ein fröhlicher Geräuschpegel im Haus, weil die Gespräche gar nicht stoppen wollten.

Der große Holztisch barst vor Leckereien und sie schlugen ordentlich zu.

»Natürlich gibt es in Finnland auch Feuerwerk. Wir allerdings werden keins zünden. Es leben

Tiere in der Nähe und sie aus dem Schlaf zu schrecken, möchten wir nicht«, verkündete Tuure.

Die Gäste konnten das nachvollziehen.

Gabriel lobte: »Ich finde das richtig gut.«

Nach dem Essen entschieden sich alle für Gesellschaftsspiele, die für viel Gelächter sorgten.

Danach wurde Zinn gegossen. Gabriels entstandene Form interpretierten alle einhellig als Herz. Paula flüsterte ihm ins Ohr: »Siehst du, das ist ein gutes Omen für das neue Jahr. Das wird was mit deiner Kollegin.«

Ilvi goss einen Hund, was sie strahlen ließ. »Vielleicht bekommen wir dieses Jahr Nachwuchs.«

Paula war enttäuscht. Sie konnte ihren Guss nicht deuten. Aber Mika fand eine Erklärung. »Es ist eine Blume und die besagt, dass du im Sommer zu mir kommst.«

Später kam es noch zu heiterem Beruferaten, wie am ersten Abend verabredet. Keiner hatte nach dreimal Raten den richtigen Beruf der anderen herausgefunden.

So outete sich Falk als Lehrer, worauf Simone die Hände an ihre Wangen schlug und scherzhaft rief: »Oh Himmel, so einen wollte ich nie!«

Falk wischte das lakonisch mit einem »zu spät« vom Tisch.

Gabriel erklärte, er sei Orthopäde und arbeite in einer größeren Gemeinschaftspraxis.

Simone und Paula lüfteten auch ihren beruflichen Schleier. Niemand hätte gedacht, dass sie beide als Bankangestellte ihren Lebensunterhalt verdienten.

Falk kommentierte trocken: »Wie gut, dass Wolfram das nicht wusste. Der hätte die Worte Aktien, Wertpapiere und Edelmetall-Investment gar nicht mehr aus dem Mund bekommen.«

Um Mitternacht zählten alle von zehn runter und stießen mit einem Glas Sekt auf das neue Jahr an. Danach schlüpften sie in ihre Winterjacken und dicken Stiefel und stapften durch den Neuschnee in den Garten zum beleuchteten Weihnachtsbaum.

Die Nacht war klar, unzählige Sterne funkelten am Himmel, auch der Mond beteiligte sich mit seinem milchigen Schein. Und es gab noch eine Winterüberraschung, die sich langsam anschlich.

Mika entdeckte sie zuerst. »Schau, Paula, dort!« Er zeigte in den Himmel. Ein schwacher, grünlicher Streifen war zu erkennen, der stetig farbintensiver wurde. Er wirkte wie ein Schleier im Wind, zu dem sich tanzende Farben in Violett und Blau gesellten. Sie bewegten sich rhythmisch und die Sterne schienen vor Begeisterung noch heller zu funkeln.

»Nordlichter zum Jahreswechsel! Was für ein atemberaubendes Naturschauspiel«, brach es aus Simone heraus, während Falk das nüchterner sah.

»Eine irre Lightshow!«

Mika zog Paula etwas zur Seite. »Magst du nachher mit zu mir kommen?«

»Ich weiß nicht, wie Ilvi und Tuure das sehen, ich bin schließlich hier zu Gast.«

»Das ist in Ordnung. Ich habe mit Ilvi gesprochen. Ich bringe dich morgen Nachmittag zurück.«

Paula umarmte ihn mit aller Liebe.

EPILOG

Im folgenden Jahr

Februar

Paula konnte es kaum erwarten! Heute würde Mika sie das erste Mal besuchen. Da er Lumi mitbrachte, war er mit der Fähre unterwegs. Er hatte zwar gemeint, er fände zu ihr, aber Paula ließ es sich nicht nehmen, ihn abzuholen. Jede einzelne Minute war kostbar!

Kurz dachte sie mit aller Liebe an die Silvesternacht zurück. Was hatten sie fröhlich bei Ilvi und Tuure gefeiert! Um Mitternacht hatten sie draußen die Nordlichter bewundert, die wie ein vielversprechendes Geschenk für das neue Jahr gewesen waren.

Später war sie mit zu Mika gefahren. Mit viel Liebe hatten sie den ersten Januar begrüßt.

Die kommenden drei Tage vergingen wie im Flug und der Abschied war unvermeidlich gewesen.

Ilvi hatte gehofft, dass sie bald zurückkehrte. »Liebe Paula, ich würde mich freuen, dich wiederzusehen. Bitte schau auch bei uns vorbei, wenn du zu Mika kommst.«

Das konnte Paula versprechen. Sie hatte die beiden schließlich ins Herz geschlossen.

Tuure brachte sie nach Helsinki zurück, von wo aus Falk und Gabriel zur Fähre aufbrachen. Er fuhr Simone und Paula sogar zum Flughafen und sie verabschiedeten sich mit einer liebevollen Umarmung und der Versicherung, sie würden zurückkehren.

Auf dem Rückflug schwelgten die zwei in ihren Erlebnissen.

Simone lächelte verträumt. »Für mich waren dies Wintertage wie im Märchen.«

Paula konnte ihr nur voller Inbrunst zustimmen. »Für mich auch! Und wie gut, dass du dir für uns kleine Weihnachtswunder gewünscht hast. Sie sind in Erfüllung gegangen.«

Schon am ersten Tag zu Hause hatte sie Mika

vermisst. Dafür hatten sie jeden Tag Textnachrichten geschrieben und telefoniert.

Sehr zeitig fuhr sie zum Fähranleger. Naturgemäß musste sie deshalb warten, aber das spielte für sie keine Rolle.

Schließlich war die Fähre in Sicht, legte an, und sie wartete mit nervenkitzelnder Spannung auf Mikas Auto, das langsam vom Schiff fuhr. Endlich! Sie fiel Mika in die Arme, während Lumi aufgeregt um sie beide herumsprang. Die Sehnsucht hatte ein Ende!

Es wurde eine verliebte Woche. Paula zeigte Mika und Lumi Travemünde, den Rest der Zeit verbrachten sie mit Spaziergängen, sofern es das Februarwetter zuließ, denn es regnete reichlich. Viel zu schnell waren die kostbaren Tage vorbei und Mika wieder auf dem Heimweg.

Nun hieß es, zwei Monate bis zum nächsten Wiedersehen zu warten. Das war kaum auszuhalten.

April

Paula hatte ihren Urlaub so gelegt, dass sie über Ostern nach Finnland reisen konnte und Urlaubstage einsparte. Sie nahm logischerweise das Flugzeug und Mika holte sie in Helsinki ab.

Zuerst fuhren sie bei Ilvi und Tuure vorbei, wo

Lumi auf sie wartete und sie genauso begeistert begrüßte wie das Ehepaar.

Sie blieben auf Kaffee und Blaubeerkuchen bei ihnen und erzählten sich gegenseitig von den Geschehnissen der vergangenen Monate.

Während in Deutschland schon längst der Frühling eingeläutet war, lag hier noch Schnee, der nur ganz langsam schmolz. Außerdem hielten sich die Temperaturen um den Gefrierpunkt. Das war Mika und Paula jedoch egal, sie genossen intensiv jeden Tag ihres Zusammenseins.

Ein paar ihrer Kleidungsstücke und ihre Winterboots ließ sie sogar bei Mika.

Weil Falk den Kontakt zu Wolfram gehalten hatte, wusste Simone Paula einiges zu berichten. Das Kommunikationsseminar schien ein voller Erfolg gewesen zu sein, denn Wolfram lebte nun in New York und arbeitete erfolgreich als Stockbroker an der Wall Street.

»Das sei die Krönung seiner beruflichen Laufbahn, hat er Falk gesagt. Er habe sogar ein Apartment mit Dachterrasse im Finanzdistrikt von Manhattan ergattern können und wir sollen ihn alle unbedingt besuchen kommen. Es ist schon toll, dass unser Winterurlaub dazu beigetragen hat«, fand Simone. »Okay, das Gespräch von Falk und Gabriel mit ihm, aber immerhin.«

»Du fliegst doch nächsten Monat mit deiner

Freundin Anna nach New York. Dann kannst du seine Wohnung ja mal inspizieren und die Lage checken«, kommentierte Paula und zog die Nase spitzbübisch kraus.

Juni

Im Juni kam Mika ohne Lumi und deshalb per Flugzeug.

Er zeigte ihr Fotos von einer überglücklichen Ilvi mit einem Hund. »Tuure hat Ilvis Wunsch nachgegeben. Das ist Siru, eine Hündin aus dem Tierschutz, die leider noch nicht viel von der Welt gesehen hat. Daher soll Lumi ihr ein bisschen was zeigen.«

Paula scrollte begeistert durch die Bilder. »Oh, was für eine süße Maus! Ich freue mich auf die beiden im August.«

Sie besuchten Simone und Falk, die seit Kurzem zusammenwohnten.

»Auf was sollen wir warten?«, hatte Simone die Entscheidung gegenüber Paula begründet. »Wir sind über vierzig, wissen, was wir wollen und unsere Lebenserfahrung hat uns gesagt, das ist jetzt der richtige Partner.«

»Du brauchst dich doch vor mir nicht zu rechtfertigen. Ich finde das völlig in Ordnung.«

Mika stimmte Paula in jeder Hinsicht zu. »Ihr zwei seid ein Paar und entscheidet gemeinsam – da hat sich niemand reinzumischen. Genießt euer Glück.«

Während ihres Treffens zu viert hatten sie viel zu lachen und Mika lud Falk und Simone nach Finnland ein. »Ich habe zwei Ferienhäuser. Sagt rechtzeitig Bescheid, ich reserviere gern eins für euch.«

Das nahmen die beiden dankend an und wollten sich um einen gemeinsamen Urlaubstermin bemühen.

Mikas Abschied kam wie immer viel zu schnell. Er hielt sie fest in seinen Armen, während Paula ein klein bisschen jammerte. »Jetzt bin ich wieder allein – und traurig auch.«

»Im August bist du doch länger bei mir. Ich freue mich schon.«

Ihre Kollegin Wanda sprach ihr stets gut zu. »Nach all dem, was du mir erzählt hast, ist dein Mika ein Traummann. Nur schade, dass du naturgemäß irgendwann gehst.«

»Ach Wanda, ihr kommt uns einfach besuchen.«

»Jetzt würde es auch gehen.« Wandas Mutter war Anfang März überraschend auf eigenen Wunsch in ein Seniorenheim gezogen. Diese Entscheidung hatte Wanda jede Menge Druck aus ihrem Leben genommen. »Meinst du das echt ernst?«

»Und wie! Ich würde mich total freuen.«

Alle zwei Wochen trafen sich Paula und Simone auf flexibler Basis. Sie richteten sich nach Falks Terminen.

Paula berichtete, dass Gabriel und seine Angebetete nunmehr ein Paar waren und zeigte ihr ein Handybild, das er ihr voller Glück geschickt hatte.

»Hui, die sieht ja gut aus!«, kommentierte Simone das Pärchen-Foto. »Dann werden wir sie ja bald kennenlernen. Falk trifft sich übrigens heute mit Gabriel. Da bekomme ich dann noch weitere frische Infos, die ich sofort an dich weiterleiten werde.«

Voller Sehnsucht sah Paula dem August entgegen. Leider schien die Zeit immer langsamer zu vergehen ...

August

Auf diesen Sommerurlaub hatte Paula hingefiebert. Zweieinhalb Wochen bei Mika in Finnland! Ein Sommermärchen sollte es werden.

Am Vorabend noch hatte sie alle Handarbeiten abfotografiert, die sie in der Zwischenzeit gemacht hatte. Die Abende ohne Mika waren lang, also hatte sie ihr altes Hobby wieder aktiviert. Vier Pullover, vier Schals und drei Strickjacken hatte sie fertig. Eine von ihnen trug sie auf dem Flug. Sie wollte Ilvi zeigen, was sie alles produziert hatte, und vielleicht tagten die Damen des Handarbeitsklubs, sodass sie nochmals teilnehmen konnte. Obwohl sie seinerzeit nichts verstanden hatte, war es ein spannendes und lustiges Erlebnis gewesen. Sie wollte diese Erfahrung nicht missen.

Leider waren Ilvi und Tuure bei ihrer Ankunft für einige Tage verreist, so verbrachte Paula die erste Woche mit Mika und Lumi. Sie erlebte einen herrlichen finnischen Sommer. Die Sonne schien sie gebucht zu haben. Es waren angenehme 25 Grad, die Blumen blühten, bunte Farben dominierten und die Bäume trugen ein sattes Grün. Wie verändert die Landschaft aussah, wenn kein Schnee lag.

Der See vor Mikas Haus glitzerte in der Sonne und weckte Lust auf ein erfrischendes Bad.

Mika hatte sie überrascht – mit einem blauen Schaukelstuhl, der auf der Terrasse stand, und von dem aus sie einen atemberaubenden Blick auf den See hatte. Dort servierte er ihr einen kühlen Drink. »Und heute Abend fahren wir auf den See raus.«

Lumi saß vorne am Bug wie eine Galionsfigur, Mika ruderte und Paula sog tief die Luft ein. Sie beobachtete ihren Freund, und als sie sah, wie sich die Armmuskeln beim Rudern anspannten, wanderten ihre Gedanken in die Nacht ...

Mitten auf dem See ließ Mika die Ruder ruhen und holte eine Flasche Wein und zwei Gläser aus dem mitgebrachten Rucksack. Für Lumi gab es einen Knabberknochen.

Der Wein war noch herrlich kühl und sie verbrachten eine romantische Zeit auf dem spiegelglatten See, bevor das kleine Boot wieder ans Ufer glitt. Kurz, bevor sie den Steg erreichten, setzte sich eine grün-bläulich schillernde Libelle auf den Rand des Bootes.

»Schau mal, Mika, ein Libellchen!«

Aber auch Lumi hatte sie entdeckt und kam neugierig näher. Das zarte Wesen bekam wohl Angst, schon war es wieder in der Luft.

Am fünften verliebten Tag wagte Mika einen Vorstoß. »Wollen wir so weitermachen? Nein, nicht wahr? Hast du darüber nachgedacht, hier zu mir nach Finnland zu ziehen?«

»Schon oft. Aber ich muss Arbeit haben. Ich kann und will dir schließlich nicht auf der Tasche liegen. Damit könnte ich nicht leben.«

»Ich verstehe. Wir finden eine Lösung. Morgen früh fahren wir zu Ilvi. Am Nachmittag kannst du übrigens mit in den Handarbeitsklub, sofern du möchtest, hat sie mir gesagt.«

Paula jubelte los. »Darauf freue ich mich jetzt total.«

Am kommenden Mittag fuhr Paula allein zu Ilvi. Mikas Freund war überraschend zu Besuch gekommen und da hatte Mika ihr das Auto gegeben. »Du kannst es haben. Ich brauche es heute nicht und den Weg findest du doch.«

»Ja klar!« Voller Stolz saß sie hinter dem Steuer Richtung Ilvi und Tuure. Immer mehr fühlte sie sich hier wohl. Die Unsicherheit aufgrund der wenig besiedelten Landschaft hatte sie verloren. Und die Restsicherheit gab ihr das Handy.

Als sie in die Einfahrt fuhr, trabte ihr ein hübscher Mischlingshund mit weiß-grauem Fell entgegen. Aha, die Siru, die sie bereits von Fotos kannte. Ilvi eilte mit geöffneten Armen hinterher. Paula sprang aus dem Wagen, und ließ sich herzlich umarmen. Sie begrüßte Ilvi auf Finnisch.

»Wo hast du das denn gelernt?«, fragte Ilvi, angenehm erstaunt.

Paula sprach weiter auf Finnisch. Sie wusste nicht, ob es grammatikalisch korrekt war, sie redete mutig drauf los. »Ich habe einen Online-Intensivkurs belegt und wirklich jeden Tag geübt. Außerdem habe ich noch Stunden bei einer Finnin genommen. Aber bitte verrate mich nicht an Mika. Er weiß es nicht, ich will ihn damit überraschen, dafür warte ich allerdings auf die passende Gelegenheit. Ich will ihn total flashen.«

Sie erwähnte gegenüber Ilvi nicht, dass sie richtig geackert hatte. Finnisch war so gar nicht nachvollziehbar für sie. Also hatte sie viel Zeit, Arbeit und Schweiß investiert – und es hatte sich gelohnt. Aufgeben war keine Option gewesen. Wenn sie nur eine Millisekunde daran verschwendet hatte, hatte sie Mikas Gesicht vor sich gesehen, und ihr Eifer flammte erneut auf.

»Tuure ist heute nicht hier. Er ist zu seinem Freund gefahren, du kennst ihn, er war Silvester bei uns. Er flüchtet eigentlich immer, wenn meine Handarbeitsfreundinnen einfallen«, informierte Ilvi sie. »Ich habe einen Quarkkuchen und einen Apfelkuchen gebacken. Ach, was stehen wir hier draußen! Komm erst einmal rein.«

Als Paula das Haus betrat, kamen sofort die Erinnerungen, denn es duftete wieder köstlich nach Zimt.

Nach und nach trafen die Frauen ein. Auch Anuk war diesmal dabei. Alle staunten nicht schlecht über Paulas neues Sprachwissen und gleichzeitig über die Dinge, die sie in der Zwischenzeit gehandarbeitet hatte. Die Strickjacke wurde allgemein bewundert und sie berichtete über die verwendete Wolle und das Muster.

Allerdings gab es an diesem Nachmittag einen Moment, der Paula irritierte. Sie sah, wie Aada Ilvi mit ernstem Gesicht zunickte. Daraufhin widmeten sich beide wieder ihrer Arbeit, als wäre nichts geschehen. Es wirkte fast wie ein Geheimcode.

Paula war die Erste, die sich verabschiedete, weil

sie mit Mika besprochen hatte, um sechs Uhr wieder bei ihm zu sein. Er plante einen Grillabend mit ihr.

Anuk schloss sich ihr an. »Ich habe auch noch einiges zu tun, aber die Auszeit hat gutgetan.«

Diese Gelegenheit nutzte Paula, auch Anuk zu bitten, Mika gegenüber nichts von ihren Sprachkenntnissen zu erwähnen. Sie versprach es.

Der Grillabend beendete einen angenehmen finnischen Sommertag. Sie saßen lange auf der Terrasse, Paula nach dem Essen bequem in ihrem blauen Schaukelstuhl, den Mika um ein weiches Kissen und eine flauschige Decke ergänzt hatte.

Am kommenden Tag brachte Mika ihr Stand-up-Paddling bei, was sie richtig begeisterte.

Während des Abendessens rief Ilvi an. »Magst du morgen Mittag auf einen Kaffee vorbeikommen, ich müsste mit dir sprechen.«

»Warum?«, fragte Paula erstaunt, erhielt jedoch keine Antwort, sondern nur den Verweis auf den kommenden Tag. Aber die Schmuseeinheiten von Mika ließen das Telefonat erst einmal in den Hintergrund rücken.

Am folgenden Mittag fuhr Paula zu Ilvi. Unruhe hatte sie erfasst und sie versuchte, deren Stimme zu analysieren oder hörte sie selbst die Flöhe husten?

Zu ihrer Überraschung stand auch Anuks Wagen in der Einfahrt. Allerdings wurde sie mit Lächeln und Pfannkuchen begrüßt.

»Wir kommen uns vor wie Verschwörerinnen«, gestand Ilvi und schaute zu Anuk, die ein bisschen verlegen wirkte. Daraufhin bediente sie ihre beiden Gäste und kam ohne Umschweife zur Sache. »Wir Handarbeitsfrauen tragen uns schon länger mit einem Gedanken, der völlig unabhängig zu dir ist, Paula.«

Was habe ich denn dann damit zu tun, fragte sich Paula. Aber Ilvi sprach bereits weiter und löste ihr inneres Fragezeichen auf. »Wir handarbeiten sehr viel, wir würden gern Geld damit verdienen. Und wir erhielten die Nachricht, dass in der Altstadt ein Ladenlokal frei wird. Wir möchten es anmieten, aber keine von uns ist eine richtige Geschäftsfrau. Und keine kann den ganzen Tag. Nun kommt Anuk ins Spiel.« Ilvi sah die hübsche junge Frau an.

»Ich wäre bereit, halbtags mitzuarbeiten, mehr allerdings lassen meine Rentiere nicht zu. Die anderen Damen kämen stundenweise.«

Ilvi übernahm wieder. »Wir haben uns gedacht, das wäre etwas für dich. Du kommst doch nur zu Mika, wenn du einen Job hast, das jedenfalls hat er uns gesagt. Und das größte Problem, die Sprache, ist nunmehr so gut wie Geschichte. Damit haben wir gar nicht gerechnet. Umso besser! Und deshalb haben wir gestern Abend, als du gefahren warst, Kriegsrat gehalten und später Anuk informiert.«

Paula blickte in vier große Augen, die sie mit äußerster Spannung ansahen.

Sie pustete die Luft aus. Hier tanzte eine Chance! »Hm, ich bin eigentlich Bankkauffrau.«

Anuk beugte sich zu ihr. »Somit kennst du dich mit Geschäften gut aus. Ich würde dir helfen.«

»Ich ... ich weiß nicht ... Das ist für mich alles irgendwie ... es kommt so plötzlich.«

Oktober

Paula sah auf die Uhr. Jeden Moment musste Simone bei ihr eintreffen, um sie zum Flughafen zu bringen.

Sie stand in einer leeren Wohnung. Heute ließ sie ihr Deutschland-Leben endgültig hinter sich, um in Finnland ein neues gemeinsam mit Mika und Lumi zu beginnen.

Was war das für eine aufregende Zeit geworden, nachdem Ilvi und Anuk sie überredet hatten, den Laden in der Altstadt zu übernehmen – mit Rückhalt von einer Reihe engagierter Damen, die seitdem gestrickt, gehäkelt und gestickt hatten, was das Zeug hielt, um ein Geschäft zu füllen.

Auch sie selbst hatte abends gesessen und mit Leidenschaft gestrickt. Ihre Strickausbeute war schon per Paketen auf dem Weg nach Finnland, genauso wie einige wenige Dinge, auf die sie nicht verzichten konnte. Der Rest war verkauft.

Ihr Handy schrillte. Eilig grabbelte sie es aus ihrer Handtasche.

»*Hei*, Paula«, hörte sie die finnische Begrüßung von ihrem Mika. »Ich wünsche dir einen guten Flug. Ich freu mich total auf dich.«

»Danke. Ich kann es auch kaum erwarten. Du, es klingelt. Das ist bestimmt Simone.«

»Bis nachher. Grüß Simone und einen dicken Kuss für dich.« Ein Klicken signalisierte die Beendigung des Gesprächs.

Sie drückte den Türöffner und Simone kam die Treppen hochgesprintet, ein bekanntes Boulevardblatt schwenkend. »Du wirst es nicht glauben, wenn ich es dir erzähle, deshalb musst du es mit eigenen Augen sehen!«

»Na, das muss etwas Weltbewegendes sein! Du bist ja fast atemlos vor Aufregung.«

Simone hielt ihr die Zeitung unter die Nase.

Paula erkannte zu ihrer Überraschung Wolfram mit einer Schönheit an seiner Seite. Ihre Augen flogen über die Bildunterschrift.

Der erfolgreiche Broker Wolfram von Mölch auf einer Wall Street Spendengala mit Topmodel Pamela de Winterhall. Sind die beiden das neue Traumpaar?

»Boah«, kicherte Paula los. »Wolfram hat also mit Sicherheit auch das Flirtseminar besucht. Vielleicht auch zwei, er war ja eine harte Nuss.«

Simone lachte. »Ich gönne es ihm. Und nun zu dir, bist du abreisebereit?« Sie umarmte Paula herzlich.

»Es kann losgehen.« Mit einem tiefen Seufzer schloss Paula ein letztes Mal ihre Tür ab und übergab den Schlüssel Simone, die ihn bei der Hausgesellschaft abgeben würde, wie vereinbart.

Während der Fahrt zum Flughafen schwärmten sie von ihren Männern. Sie tranken noch einen letzten Kaffee zusammen, dann war es Zeit, Paula musste gehen.

»Ich wünsche dir alles Glück der Erde«, flüsterte ihr Simone während der innigen Umarmung zu.

»Ich dir von Herzen auch.«

Im Flugzeug erinnerte sie sich noch einmal an den Moment, als Mika begriff, dass sie Finnisch sprach, und das gar nicht mal schlecht, hatte Anuk ihr jedenfalls bestätigt.

Sie musste schmunzeln. Anuk war an dem geschichtsträchtigen Tag ihrer Entscheidung für Finnland mit zu Mika gekommen, um gemeinsam mit ihm über das Geschäft zu sprechen.

Sie tauschten sich auf Finnisch miteinander aus. Er antwortete wie selbstverständlich. Plötzlich hielt er inne. »Ich fasse es nicht«, stammelte er.

»Und du hast mir nichts gesagt!« Er hob Paula hoch und drehte sich mit ihr im Kreis. »Was für eine großartige Überraschung!«

Paula und Anuk berichteten ihm von der verwegenen Idee des Handarbeitsgeschäftes. Mika war sofort begeistert gewesen und Anuk nahm die frohe Kunde mit für die Handarbeitsladys.

An diesem Abend hatten sie und Mika besprochen, dass sie so schnell wie möglich, also Ende Oktober, zu ihm ziehen sollte.

Während Mika in dieser Nacht tief und fest schlief, wälzte sich Paula hin und her. Gegen Morgen irgendwann musste sie eingeschlafen sein, denn Mika weckte sie mit einer dampfenden Tasse Kaffee. Als er dann wieder zu ihr ins Bett kam und ihr zeigte, wie sehr er sie liebte, war ihre Entscheidung *für* das Geschäft nicht mehr so nervenaufreibend, und sie amüsierte sich über ihre Schlaflosigkeit. Oh ja, Dunkelheit konnte Ängste wirklich verstärken ...

Nach der Landung und dem Durchqueren des Zolls rannte sie in die ausgebreiteten Arme von Mika. Ihr neues Leben in Finnland begann.

Die ersten drei Tage igelten sie sich ein, unternahmen nur lange Spaziergänge mit Lumi. Danach besuchten sie Ilvi. Dem Handarbeitsklub wäre es am liebsten gewesen, Paula hätte mit ihrer Hilfe das Geschäft ohne Verzögerung eröffnet. Die

Damen konnten es gar nicht mehr erwarten. Aber das lehnte sie ab. Sie wollte erst einmal ankommen und ein wenig ungezwungene Zeit mit Mika und Lumi verbringen.

.

Mitte Dezember

In der Altstadt lag eine dicke Schneeschicht, Schneeflocken schwebten sanft vom Himmel. Die Laternen tauchten die Gasse in warmes Licht, genauso wie die festlich geschmückten Schaufenster der Geschäfte. Die zwischen den Häusern gespannte Weihnachtsbeleuchtung trug zur vorweihnachtlichen Stimmung bei. Vom Marktplatz wehten die Stimmen eines Chores zu Paula. Menschen schlenderten durch ihre Gasse.

Anuk bediente gerade eine Kundin, die sich für einen Pullover im finnischen Stil interessierte. »Paula, kommst du mal bitte? Diese Kundin ist Deutsche. Ihr zwei passt sicherlich hervorragend zusammen.«

Paula legte ihr Strickzeug an die Seite. Ein wunderbarer Nebeneffekt war, dass sie sich dem Stricken widmen konnte, wenn im Geschäft wenig oder gar nichts los war, wodurch ihr mehr freie Zeit mit Mika blieb. Davon hatte sie reichlich, denn die Strickfrauen, die mit Begeisterung stundenweise aushalfen, gaben ihr diese Freiheit.

Außerdem war es eine tolle Werbung, da die Kunden sich davon überzeugen konnten, dass die Produkte tatsächlich in Handarbeit gefertigt waren.

Mit einem Lächeln ging Paula auf die Kundin zu. Die ließ sich gern beraten. Sie kaufte zum Pullover noch einen passenden Schal.

»Ich habe gar nicht erwartet, eine Finnin kennenzulernen, die so gut Deutsch spricht«, wurde sie gelobt. »Man hört gar keinen Akzent bei Ihnen.«

»Das liegt daran, dass ich Deutsche bin.«

»Und was hat sie hier nach Finnland verschlagen, in diese kleine Stadt mit dieser magischen Winteratmosphäre?«

»Die Liebe«, antwortete Paula strahlend.

Als sie am Abend ihren Laden schlossen, schaute Paula noch einmal in den Verkaufsraum zurück. Wie hübsch er aussah! Überall Weihnachtsdekorationen in Form von goldenen Kugeln und niedlichen Weihnachtswichteln.

Auf dem Weg zu den Autos überraschte Anuk Paula mit einem Geständnis. »Seitdem wir beschlossen haben, diesen Laden zu eröffnen, hat sich mein Leben positiv verändert. Es gefällt mir unglaublich gut, mit den unterschiedlichsten Menschen in Kontakt zu kommen. Und in diesem Jahr möchte ich das erste Mal seit dem Tod meines Mannes wieder Gesellschaft zu Weihnachten. Meine Eltern reisen aus Lappland an.«

Paula war sichtlich berührt. »Das freut mich für dich.«

»Ich habe – wenn auch schmerzlich – verstanden, die Welt dreht sich, mein Leben geht weiter und es liegt allein an mir, was ich daraus mache. Aber du hast mir mit diesem Geschäft einen neuen, wohltuenden Weg aufgezeigt. Ich danke dir.«

Die Freude von Anuk wärmte Paulas Herz während ihres Rückweges nach Hause. Nach Hause – wie vielversprechend und heimelig das klang! Tanzende Schneeflocken begleiteten sie. Es fühlte sich an wie die allererste Fahrt mit Falk, Gabriel und Simone zu Ilvis und Tuures Winterunterkunft. Damals konnte sie noch nicht ahnen, dass hier in Finnland die große Liebe auf sie wartete.

Mika empfing sie mit einer liebevollen Umarmung und einem zärtlichen Kuss. »Essen ist gleich fertig! Wie war es denn?«

Sie antwortete, dabei Lumi streichelnd: »Ich ziehe mich eben um und erzähle dir dann alles.«

Im Schlafzimmer wechselte sie in bequeme, weite Kleidung und zog dicke Kuschelsocken über. Anschließend stellte sich Paula ans Fenster und schaute für einige Augenblicke den lautlos hinabschwebenden Schneeflocken zu. Die Bäume bogen sich wieder unter der Schneelast, genau wie im letzten Jahr, als sie fasziniert aus ihrem Dachgeschossfenster bei Ilvi und Tuure geschaut hatte, um das magische Winterbild in ihrem Herzen festzuhalten. Der See war zugefroren, das Ruderboot, auf dem sie im Sommer romantische Stunden verbracht hatten, war im Schuppen verstaut.

Sie sah dem kommenden Weihnachtsfest mit großer Freude entgegen. Simone und Falk hatten rechtzeitig ein Haus von Mika gemietet, sie würden also den Heiligabend mit ihnen gemeinsam feiern. Am ersten Weihnachtstag waren sie alle bei Ilvi und Tuure eingeladen, Marja und John waren ebenfalls im Anflug auf Finnland.

Auch in diesem Jahr erlebte sie wieder Wintertage wie im Märchen. Pures Glück durchströmte sie.

Sie hörte die tiefe Stimme von Mika, die sie so liebte. »Paula! Das Essen steht auf dem Tisch. Kommst du?«

Ihr Herz hüpfte. »Bin sofort bei dir!« Sie warf einen letzten Blick auf die hübschen, fluffigen Schneeflocken und eilte voller Glück die Treppen hinunter zu Mika.

Ein kalter kanadischer Winter und
eine Liebe, die Kontinente verbindet

Wenn ein Tierschutzhund
Herzen verbindet

Adventschaos, kein Tee
und Weihnachten allein?
Es braucht ein Weihnachtswunder!

Zwei Katzenbabys,
ein kleiner Junge, eine Omi
– und die Liebe

Eine funkelnde Liebe
mit Cosy-Krimi-Touch

Himmelpastellhellblaues
Winterglück

Printed in Poland
by Amazon Fulfillment
Poland Sp. z o.o., Wrocław

64905617R00173